결혼

300

만원이면
충분해요

300만원으로 진행한
명품 결혼의 기록

초판 1쇄 발행 2017년 4월 21일

지은이   최하나
발행인   안유석
편집장   이상모
편 집   전유진
표지디자인   박무선
펴낸곳   처음북스, 처음북스는 (주)처음네트웍스의 임프린트입니다.

출판등록 2011년 1월 12일 제 2011-000009호
전화 070-7018-8812 팩스 02-6280-3032
이메일 cheombooks@cheom.net

홈페이지 cheombooks.net 페이스북 /cheombooks
ISBN 979-11-7022-114-2 03810

결혼

최하나 글

300

만원이면
충분해요

300만원으로 진행한
명품 결혼의 기록

처음북스

Step 1:
결혼을 위해 제일 먼저
정해야 할 것들

Step 2:
아끼고 또 아껴도
되긴 되네?

Step 3:
쉽지 않은 보금자리 찾기

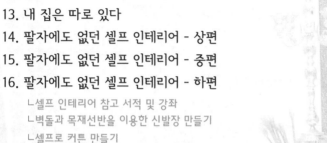

Step 4:
날짜가 가까워질수록 빼먹기 쉬운
사소한 것들

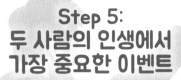

Step 5:
두 사람의 인생에서
가장 중요한 이벤트

부록

결혼 준비 총비용

- 웨딩홀 계약금 : 50만 원(돌려받음)
- 메이크업 : 38만8천 원(신랑신부 20만 원, 양가 혼주 13만8천 원,

　　　　　　　　　　　　　　　 양가아버님 5만 원)

- 양가 혼주 한복 및 아버님 예복 : 82만4천 원
- 웨딩슈즈 : 3만5천 원
- 웨딩원피스 : 12만9천 원
- 웨딩드레스 : 14만5천 원(무료제공)
- 본식 스냅 : 15만 원
- 청첩장 : 5만8천 원(300장)
- 예단이불 : 87만6천 원(돌려받음)
- 스드메비용 : 38만3천700원
  - 스튜디오 : 1만9천700원
  - 드레스 : 16만4천 원
  - 메이크업 : 20만 원

· 예물 없음

· 폐백 없음

· 헬퍼 없음

· 주례 없음

· 축가, 축무 직접

· 신혼여행: 5박6일 경비 약 50만 원

→ 총지출 : 312만 4천 700원
→ 순수지출 : 160만 3천 700원

프롤로그:
300만 원으로 결혼을 준비하게 된 사연

나와 예랑이(일명 구니)는 만난 지 석 달 만에 결혼을 약속했다. 돌이켜보면 일렀다는 생각이 들기도 하지만 솔직히 그 선택을 지금도 후회하지 않는 걸 보면 짚신도 짝이 있다는 말이 맞는 것 같다.

또한 옛말에 틀린 게 없다는 걸 실감하는 이유는 내가 가지고 있던 전 재산을 홀랑 까먹은 덕분에 지금 평생의 반쪽을 만났기 때문이다(솔직히 얼마 되지도 않는 돈이지만 스쿠루지 같은 나에게는 거금이나 다름없었다). 사회생활 5년차 정도 되었을 때 새로운 일에 도전해보고 싶다는 생각이 들어 약 반 년을 쉬면서 전직 같은 이직을 준비했고, 독립까지 했다. 패기 있게 서울에 집을 얻어 이사했는데 한 달

만에 일을 그만두게 되었다. 충격이 너무 커 나는 매일 울음바다였다. 엄마는 바람이라도 좀 쐬고 오라며 내 등을 떠밀었고, 그렇게 아는 사람들과 함께 떠난 여행에서 그를 만났다. 악재가 호재가 된 순간……이라고 믿는다.

그렇게 순탄치 않게 만나 순탄치 않은 만남을 이어가면서 (순전히 내 탓이다) 우리는 흔히 말하는 결혼 준비 삼대장인 '스드메'와 '혼수' 그리고 '집'이라는 난관에 부딪혔다.

첫째, '스드메'는 여자들의 로망인 '스튜디오 촬영'과 '웨딩드레스' 그리고 '메이크업'을 말하는데, 가격이 천차만별이기는 하지만 보통 기백만 원이 깨진다. 문제는 내가 이 세 가지를 무지하게 싫어하는 평범하지 않은(?) 여자라는 점이다. 트레이닝복을 즐겨 입고 화장이라고는 비비크림만 간신히 바르는 수준에 사진 찍는 건 질색을 해서 단체사진 속의 나는 대부분 손으로 얼굴을 가리고 있다. 정말이다.

이 세 가지는 돈을 받고도 못하겠더라.

둘째, 여자의 부담이라는 혼수. 대부분 양문형 냉장고과 대형 텔레비전 그리고 푹신한 침대 등을 해가는데 문제는 내가 텔레비전을 잘 안 보고 요리해 먹을 시간이 거의 없는 생활패턴에 바닥에서 자는 걸 선호하는 이상한 기호를 가지고 있다는 거다.

그리고 우리가 꿈꾸는 집에는 이 커다란 대형가전이 들어갈 공간이 없다. 잘못하면 이걸 욱여넣으려고 큰 집을 얻는다는 배보다 배꼽이 더 큰 재앙이 벌어질 수도 있을 것 같다는 생각이 들었다. 또한 경험자의 말에 의하면 신혼가구는 대부분 패키지로 사야 할인을 받기 때문에 돈을 아낀다 해도 거기서 거기라고 했다.

셋째, 아직까지 남자의 몫으로 여겨지는 '집'. 애당초 우리는 혼수도 집도 함께 하기로 했기에 대출을 신청하거나 분양을 받는 것 또한 부담이었다. 그리고 이미 나는 작년에 전 재산을 홀랑 까먹지 않았는가. 별로 돈 쓰고 싶은 마음도 없고 큰 집도 필요 없다고 생각했다.

그렇다고 처음부터 작은 집을 알아보진 않았다. 치안과 편리함을 따져 20평대의 아파트를 알아봤는데, 생각보다 비용이 많이 들었다.

"대출받는 건 솔직히 나쁘지 않은 것 같아."

구니는 그렇게 내게 솔깃한 제안을 했지만 나는 내키지 않았다. 기자랍시고, 작가랍시고 어딘가에 분명 휴대폰 약정도 학자금 대출도 다 빚이라고 쓴 게 생각난 탓이다. 한 입으로 두 말하기도 싫었고,

빚지고 살고 싶지도 않다는 생각에 나는 빡빡 우겼다.

"우리 그냥 진짜 땡전 한 푼 없이도 결혼할 수 있게 준비하면 안 될까?"

물론 정말 돈을 전혀 안 들인다면 합가하기 힘들 것이 뻔했다. 각자의 집에서 안 쓰는 가전제품을 훔쳐오기로 한 날, 우리는 가져올 게 없다는 걸 알았다. 당장 다이소에라도 가서 숟가락부터 사야 할 판인데 무슨 공짜 결혼 준비?

그래서 나만의 가이드라인을 정했다. 집의 보증금을 제외한 전 과정의 비용이 300만 원을 넘지 않을 것. 혼수는 무조건 모두 다 포함해 150만 원선에서 해결할 것. 엄마는 이런 나의 마음을 아는지 모르는지 거지같이 살면 안 된다고 말려대기 시작했다. 하지만 나는 듣지 않을 거다. 그렇게 31년을 살아왔으니까.

솔직히 나는 큰소리를 쳤다. 그것도 온갖 번지르르한 말을 동원해서.

작게 시작해도 큰 사랑을 할 수 있다는 걸 보여줄 거야!

돈 때문에 결혼을 포기하는 시대라며? 젊은 세대에게 새로운 결혼의 패러다임을 보여줄 거야!

과연 가능할까? 솔직히 나도 궁금하긴 하다. 그 결과는 내 결혼이 말해주겠지.

Step 1: 결혼을 위해 제일 먼저 정해야 할 것들

1
내가 드레스를
거부하는 이유

"나는 드레스가 싫어요! 나는 드레스가 싫어요!"

라고 외치고 싶다. 늘 그런 마음이다. 그 이유는 웨딩드레스가 '내 체형의 단점을 고스란히 드러내는 옷'이기 때문이다.

태어날 때부터 하체에 비해 상체가 통통한, 저주받은 몸매로 태어났다. 게다가 종아리나 팔목같이 보이는 곳은 말랐지만 허벅지와 배 그리고 팔뚝처럼 노출하려면 꼼짝없이 드러내야 하는 부위에 살이 집중되어 있다. 그러다 보니 소매가 없고 길이가 긴 웨딩드레스는 내 단점을 부각시키고 장점을 가려버린다.

그리고 생각보다 가격이 비쌌다. 드레스를 들어주는 헬퍼 비용도 부담스러웠다(한 번에 약 15만 원 정도 한다). 입어서 예쁘다면야 합리적인 가격 정도는 지불했겠지만, 피팅을 해본 뒤 내 마음은 심란해져만 갔다.

'뭔가 방법이 없을까?' 하고 머리를 굴리던 와중, 셀프 웨딩촬영 때 입는다는 빈티지 스타일 드레스가 떠올랐다. 길이도 짧고, 입기 편해 헬퍼도 필요 없고, 소매도 제법 긴 편이라 괜찮을 것 같았다.

인터넷의 셀프 웨딩드레스 가격은 대충 3만 원에서 20만 원 사이. 그런데 문제는 입어볼 수 없다는 거다. 피팅모델이야 어떤 드레스를 입어도 훌륭하게 소화할 수 있는 몸매를 가졌지만 난 아니지 않은가. 꼭 입어봐야만 했다.

'흠, 어쩐다⋯⋯.'

그때 반가운 기사 하나를 발견했다. 모 브랜드에서 셀프 웨딩드레스를 출시했는데 선착순으로 부케와 화관 같은 소품까지 준다는 것. 그 즉시 매장으로 쪼르르 달려가 입어보고 구매해버렸다. 다행히 나와 잘 어울리는 스타일에 과하지도 않아 파티나 행사 때 입기 괜찮아보였다. 아니면 중고상품으로 팔아도 될 것 같았다.

하지만 문제는 예기치 못한 곳에서 발생했다. 내가 올린 드레스 사진을 본 지인에게서 연락이 쏟아지기 시작했다(과장을 좀 보탰다). 그 중에서도 엄마가 쌍심지를 켜고 반대했다.

"어른들도 오시는 자리인데 이건 아니야. 하나야, 이건 사진 찍을 때나 입고 웨딩드레스 다시 고르자. 응?"

엄마는 정말 몇 달 동안 잊을 만하면 그 이야기를 꺼냈고, 아무리 싫다고 해도 양보를 할 기미가 보이지 않았다.

"엄마, 나 정말 기존의 그런 웨딩드레스는 입기 싫어. 돈 때문이 아니라 나한테 너무 안 어울려. 그리고 이것도 충분히 예쁘다니까. 응? 남들 하는 이야기 진짜 신경 쓸 거야?"

더 이상 엄마는 대꾸하지 않았다. 그저 메신저로 웨딩드레스 사진을 보내기만 했다.

"너가 이거 입으면 깜찍하겠다."

"자기 자식이라 그런 거예요."

"TV에서 연예인이 이런 드레스 입었는데 너한테도 잘 어울릴 것 같아."

"그건 연예인이라서 잘 어울리는 거예요."

다른 사람이 그런 이야기를 했다면 들은 체도 하지 않았겠지만, 평생 안 된다는 소리를 한 번도 한 적 없는 엄마가 저렇게까지 하니 왠지 들어야만 할 것 같았다. 정말 묘하게 설득력이 있어 괴롭기만 했다. 그렇다고 엄마 뜻대로 웨딩드레스를 입자니 옷 밖으로 군살이 잔뜩 삐져나온 모습이 상상 가 몸서리가 쳐졌다. 결국 몇 달간의 실랑이 끝에 나는 항복했다. 대신 엄마는 웨딩드레스면 된다며 마음에 드는 디자인으로 골라 컨펌만 받으라고 했다.

다시 처음부터 드레스를 알아보게 된 나는 '셀프 웨딩드레스 대
여샵'을 뒤지고 또 뒤졌다. 몇 군데를 후보에 올려놓고 인터넷으로
가격과 후기를 확인한 뒤 마음에 드는 한 곳을 결정했다.

"엄마, 여기 가봤는데 안 예쁘면 깨끗이 포기하는 거야. 다음은 없어."

날씨가 기가 막히게 춥던 날, 공항철도도 타고 골목길을 헤매고 또 헤맨 끝에 샵에 도착했다. 홈페이지를 보고 고른 네 벌의 드레스는 디자인이 다 달랐지만 공통점이 하나 있었다. 그건 바로 본식용으로 나온 상품이 아니라 웨딩스냅용이라는 것. 즉 결혼식에 입는 게 아니라 웨딩촬영용으로 만들었다는 뜻이다. 하지만 빌린 드레스를 무슨 용도로 입든 그건 내 자유고, 본식용 드레스는 비슷한 디자인인데 10만 원가량 더 비싸서 쳐다도 보지 않았다.

미니 드레스를 입으니 어중간한 기장 때문에 짧은 몸이 더 짧아 보였다.

엠파이어 라인을 입으니 콜라병이 아니라 터진 콜라병 몸매 같았다.

A라인을 입으니 존재감이 제로였다.

벨라인을 입으니 그나마 사람처럼 보였고 여기에 볼레로를 입으니 그제야 신부처럼 보였다.

그렇게 벨라인 드레스와 볼레로를 대여했고, 이 돈은 엄마가 부담하기로 했다.

여기에 웨딩슈즈도 필요할 것 같아 매장에 가서 신어보고 새 상품을 4만5천 원에 구매한 후 후기를 작성해 만 원을 돌려받았다. (셈이 복잡해지지만) 어쨌든 3만5천 원을 지불한 셈이다.

지출

- 본식용 웨딩드레스 : 14만5천 원 (드레스 11만 원, 볼레로 3만5천 원)
- 촬영 겸 피로연용 웨딩원피스 : 12만9천 원
- 웨딩슈즈 : 3만5천 원

→ 순수지출 : 16만4천 원

웨딩드레스는 반드시 입어봐야 한다. 같은 드레스여도 체형이나 분위기에 따라 느낌이 많이 다르기 때문이다. 그리고 피팅 시 사진을 찍지 못하게 하는 곳이 많으니 동행이 있으면 좋다. 하지만 셀프 웨딩드레스샵은 DSLR 같은 전문 촬영장비가 아니면 사진을 찍게 해주므로 혼자 가도 크게 상관은 없다.

모든 웨딩드레스샵에서는 드레스를 입어보는 조건으로 피팅비를 받는다. 혼자 입기 힘들기 때문이다. 보통 직원이 도와주는 부분은 워커의 끈을 매듯 끈을 확 잡아 당겨 코르셋을 조여야 할 때다. 피팅비는 매장마다 천차만별이지만 싼 곳은 2만 원, 비싼 곳은 5만 원 정도까지 봤다. 큰돈이 아니라는 생각이 들지 몰라도 여러 군데를 돌 계획이라면 몇십만 원까지 나갈 수 있으니 신중하게 결정하는 게 좋다.

무엇보다 드레스를 고르기 전에 나의 체형이나 분위기를 알아놓는 게 중요하다. 소매가 아예 없는 탑 스타일은 상체가 통통한 사람에게는 잘 어울리지 않는다. 하지만 위에 볼레로를 걸치면 어느 정도 커버할 수 있다.

요즘은 외국사이트에서 저렴하게 웨딩드레스를 구매하는 경우도 많다. 그런데 이 방법은 옷이 어울리지 않거나 문제가 있을 때 반품이나 환불이 오래 걸리고, 배송비만 날릴 수도 있다. 나는 웨딩드레스는 직접 입어보고 선택해야 한다고 생각했고, 대여해서 입는 게 더 저렴해 구매는 고려하지 않았다. 만약 어떤 옷을 입어도 잘 어울리는 체형이라면 직구도 괜찮을 것 같다.

2
예물과 예단이
뭐꼬?

애초에 내게 이 두 가지는 개념이 없었다. 쉽게 말해 아예 염두에도
두지 않았다는 뜻이다. 이 부분은 이야기를 거의 나눌 필요도 없을
정도로 구니와 내 의견이 같았다(고 생각했다). 우리는 최대한 간소
화해서 하자고 합의를 봤다.

연애 초반에 내가 그에게 이런 말을 한 적이 있다.

"커플링은 안 했으면 좋겠어. 대신에 서로 가지고 있는 반지를 나
눠 끼자."

나는 엄마가 사준 은반지를 그에게 건넸고 그도 내게 엄마가 준
거라며 은반지(라고 생각한 것)를 줬다.

그러던 어느 날, 내가 낀 반지를 보던 엄마가 고개를 갸우뚱했다.

"이거 어디서 샀니? 백금인데."

"으잉?"

당황해 구니에게 전화해보니 역시나 백금이 맞다고 했다. 내가 그에게 건넨 건 만 원짜리 은반지라 뭔가 불공평하게 느껴져 이참에 커플링을 맞추러 가자고 했다.

그런데 정말 이상하게도, 구니와 커플링을 사러 가는 길에 경미한 접촉사고가 발생했다. 합의금으로 반지를 사려던 3만 원을 건넸다. 기분도 그렇고 돈을 또 쓰고 싶지 않아 그냥 없던 일로 하자고 돌아와버렸다.

그렇게 까맣게 잊고 있었는데 결혼 이야기를 나누다 보니 반지 이야기가 다시 화두에 올랐다. 특히 엄마는 다른 건 몰라도 결혼반지는 꼭 금으로 하라고 하면서 그렇게 하는 데는 이유가 있다고 했다. 색이 변치 않는 금처럼 결혼생활도 그렇게 하라는 뜻이라면서 말이다.

그러던 어느 날, 취재차 동대문에 갔는데 따라온 구니의 태도가 조금 이상했다. 패션 위크 기간이라 어딜 가나 사람이 많았는데, 갑자기 날 한적한 화단으로 데려가더니 우물쭈물대기 시작했다. 그리고 내게 드라이플라워와 반지를 내밀었다.

"이게 뭐야? 구니야, 언제 준비한 거야. 이게 뭐야. 캬캬캬."

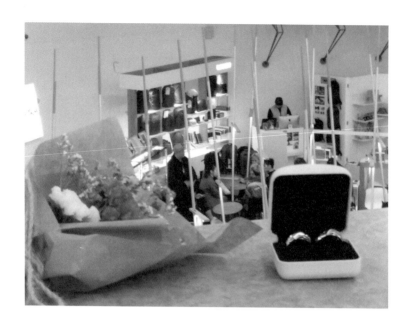

나는 그 상황이 몹시 당황스러우면서도 웃겼다. 그는 프러포즈를 하는 순간 알파고로 변신했으니까(구니는 낯을 가린다).

그가 털어놓은 전말은 더 충격적이었다. 실은 사귀자마자 커플링을 샀는데 내가 그것도 모르고 반지 같은 거 나눠 끼는 게 너무 싫다면서 정색을 해 숨겨놨단다. 결국 이 커플링은 우리의 결혼반지가 되었다.

사실 프로포즈를 받았다는 사실보다 나중에 그가 SNS에 올린 사진에 더욱 감동받았다. 내가 일하는 동안 그는 심심했는지 2층 난간에 꽃과 반지를 올려놓고 사진을 찍었는데, 그 속에 내가 찍혀있었다. 찍은 사람은 모르고 나만 알 수 있을 정도로 조그맣게.

어쨌든 우리의 유일한 예물은 커플링이자 결혼반지가 되었다.

처음부터 '3無(No 예물, No 예단, No 폐백)'를 외쳤지만 예단은 어른들의 뜻이 더 중요했다. 우리야 허례허식으로 생각한다지만 어쨌든 전통이고, 격식을 차려야 한다고 생각하실 수 있으니까. 이 부분을 어떻게 할지 묻자 구니는 자신 있게 말했다.

"나만 믿어. 우리 집은 그런 거 절대 안 해. 원치 않으실 거야."

하지만 현실은 달랐다. 결국 세 시간 동안 구니가 부모님을 설득한 끝에 이불 한 채만 보내기로 매듭지었다. 어쨌든 다행이었다. 그리고 시부모님은 이불값에 해당하는 금액을 결혼 준비하는 데 쓰라며 전부 현금으로 돌려주셨다.

지출

· 이불 한 채: 86만7천원

→ 순수지출: 0원

예물과 예단은 평균 비용을 산출해내기가 무척 어렵다. 그만큼 개인차가 심하다는 말이다. 내 주변에서는 예물로 다이아 반지를 많이들 나눠낀다. 예전에는 귀금속 세트를 시댁에서 보내기도 했다고 한다. 예단의 경우, 요새는 예단비라고 해서 현금으로 전달하면 그 중에 일부나 전부를 꾸밈비라는 명목으로 다시 신부에게 돌려주기도 한다. 예단용 이불로 갈음하는 경우도 있다. 예단용 이불은 잘 알려진 브랜드라면 보통 60만 원에서 100만 원 사이다. 우선 구입한 뒤 매장 측에 시댁에 가져갈 날짜를 이야기하면 미리 포장을 해 준비해놓는다.

3
너무나도 성가신
예비신부

구니를 만나고 결혼 준비를 하면서 '결혼 준비'란 무엇일까 가만히 생각해봤다. '다르게 살아온 전혀 다른 두 사람이 함께 하고자 준비하는 것'이라는 생각이 들자 혼수나 예물보다 우리가 무엇을 더 중요하게 생각하고 어떤 삶을 꿈꾸는지를 알아가는 시간이 필요할 것 같았다. 그래서 구니를 데리고 심리카페를 찾아 '사랑의 언어분석'이라는 프로그램을 신청했다.

사실 가격은 좀 비쌌다. 할인 받아 3만 원이 좀 넘게 들었는데 각종 설문에 답하다 보니 아깝다는 생각이 들지 않았다(오히려 질문이 너무 많아 답을 하는 와중에 지쳐버렸다). 결과는 놀라웠다. 그와 나는 거의 대부분의 항목에서 일치했다. 물질에 가치를 두지 않고 함께 보내는 시간을 우선순위에 두는 스타일이라고 했다. 그러니 구니에게 워커홀릭 인생을 강요하지 말고 선물이나 이벤트에 큰 의미를 두지 말아야겠다는 생각이 들었다. 또한 구니는 낯을 가리는 성격이라는 검사 결과가 나왔으니 친하지 않은 사람 앞에서 갑자기 무뚝뚝해지더라도 서운해 하지 말아야겠다는 다짐을 했다(이건 아직도 못 지키고 있긴 하다. 갑자기 사람에서 알파고가 되는 그의 태도에 서운한 건 사실이다). 그에 반해 나는 칭찬에 춤을 추는 스타일이라고 하니, 구니에게 그 점을 당부했다.

그리고 이로서 오늘의 일정이 끝이라고 생각한 그를 데리고 이번에는 혼인강좌에 참석했다. 사실 황금 같은 휴일에 일인당 2만 원을 내고 다섯 시간 동안 강의를 듣는 건 쉽지 않은 일이다. 아니나 다를까 일요일 아침부터 차를 끌고 온 구니는 무척이나 피곤해 보였다. 밥도 안 챙겨먹고 나왔다고 했다.

"구니, 그러면 도착해서 내가 쏠게."

나는 차를 타고 가는 내내 그의 기분을 살피고 달래주려 했다. 하지만 정작 도착해보니 간단하게 끼니를 때울 만한 가게는 문을 열지 않았다. 게다가 가톨릭 집안에서 자란 나는 이런 자리가 그렇게까지 어색하거나 불편하지 않았으나, 구니에게는 낯설고 어렵게 느껴질 수 있다는 걸 미처 헤아리지 못했다. 다행히 본 교육이 시작되기 전 어색함을 풀어준다고 진행된 레크레이션이 생각보다 재미있었다. 심지어 구니는 상품을 타겠다며 자진해서 손을 들고 무대에 나가 게임에 참여하기도 했다.

"부평에서 온 견자단입니다."

닮은꼴을 대라는 주문을 듣고 너스레를 떠는 그의 모습에 조금이나마 안도할 수 있었다.

(봄뜰이) 사용 설명서		
별명	(봄뜰이아)	동기 : 껑쩡거린다고 남자친구가 붙여줌
주요기능 (성격)	상담기능	말이 많음
	스피킹기능	재미있게 말 잘한고 빠름
	애교기능	누구에게나 애교 개많음 ♡
	기타기능	울적우울 때가 가끔 있음
에너지	주요 에너지	커피, 빵
	보강 에너지	많음
호불호	좋아하는 것	여유, 뒹굴거리기, 노래부르기, 춤추기
	싫어하는 것	속박, 간섭, 초조, 비난, 편견형
관리 및 고장	평상시 관리방법	칭찬해주면 좋아함, 커피사주면 행복
	고장 원인	리액션이 없거나 무관심
	고장 유형	우울함, 토라짐, 집에 감
	고장시 대처요령	리액션 많은 관심 보여주기

　　강좌는 예상한 대로 흘러갔다. 시청각자료를 보고, 먼저 결혼을 한 부부의 이야기를 들은 후 질문을 할 기회가 주어졌다. 꽤 오랜 시간 자리를 지켜야 했기에 허리가 몹시 아팠고 탈선의 유혹도 있었지만, 어쨌든 우리는 설문조사를 하면서 서로가 꿈꾸는 결혼생활을 엿볼 수 있었으며 서로에게 편지를 쓰면서 초심을 잊지 않겠노라

약속했다.

남자와 여자는 많이 다르다고 한다. 하지만 성별을 떠나도 그와 나는 많이 다를 수밖에 없다. 살면서 경험한 것도 가풍도 너무 다르니까. 그래서 그를 더 알고 싶었다. 어떤 브랜드의 가구를 원하고 어느 지역의 웨딩홀을 잡고 얼마짜리 예복을 입고 싶어 하는지보다 더 먼저 말이다. 어쩌면 그에게 나는 다른 의미로 너무나도 성가신 예비신부일지도 모른다. 그럼에도 불구하고 나는 이게 가장 필요한 결혼 준비라고 생각했다. 미안하다 구니야, 귀찮게 해서.

p.s. 연애할 때는 모든 게 마냥 좋기만 하다. 특히 만난 지 얼마 안 된 사이라면 무리해서라도 서로에게 맞춰주려고 한다. 하지만 평생을 함께할 생각이 있다면 상대방의 진짜 모습과 속내를 알 필요가 있다. 그러니 솔직하게 원하는 바가 무엇인지 이야기하자. 쑥스럽다면 편지로 대신하는 것도 괜찮다. 조금 더 현실적인 이야기가 듣고 싶거나 전문가의 조언이 필요하다면 각종 센터나 기관에서 주최하는 결혼 관련 강좌를 수강하라고 권해주고 싶다.

우리가 들은 카나혼인강좌는 천주교에서 운영하는 강좌로, 지역 교구에서 접수가 가능하다. 주로 주말에 열리며 약 다섯 시간 정도가 소요된다. 강좌 종료 후에는 수료증을 발급해주는데, 이를 가지고 혼인성사(예비부부 양쪽 모두 가톨릭 신자일 경우)나 관면혼인(예비부부 한 쪽이 비신자일 경우)을 올릴 수 있다. 교구별로 일정과 접수비가 다르니 홈페이지를 참고하여 신청하자. 다만 다소 종교적 색채를 띠고 있으니 신중하게 고려하여 결정하는 것이 좋다.

건강가정지원센터 (http://familynet.or.kr)

각 지역별로 예비부부 교육 프로그램이 준비되어 있어 스케줄에 맞는 강의를 선택해 신청할 수 있다. 주로 주말에 진행하며 지역에 따라 참가비는 무료에서 만 원 정도로 저렴한 편이다. 1회 교육에 약 네 시간에서 다섯 시간 정도 소요되는데, 프로그램에 따라 2회기까지 교육이 이루어지기도 한다. 예비부부의 성격 차이를 알아보는 내용부터 결혼 준비 그리고 결혼 후 재무관리까지 폭 넓은 내용을 다룬다.

카페테라피 (http://cafetherapy.net)

커플 간의 사랑방식과 심리를 알아볼 수 있는 검사 프로그램을 운영한다. 대표적으로 사랑의 언어검사와 사랑의 유형검사가 있으며 항목별로 응답을 하면 각자 어떤 가치에 우선순위를 두는지와 둘 사이의 공통점과 차이점을 알려주어 서로의 성향을 파악하고 이해하는 데 도움이 된다. 검사는 약 30분에서 한 시간 정도 소요되며 요금은 음료 포함 27,000원이다. 현재 서울과 인천에 지점이 있다.

4
정면승부와
타협하기

나는 고집이 세다. 하지만 타협이라는 단어를 참 좋아한다. 이게 무슨 모순된 이야기인가 싶겠지만, 정리하자면 이렇다.

목숨과도 바꿀 수 없는 것 하나를 제외하고는 남의 이야기를 듣는다.

나도 겁 없고 호기롭던 시절이 있었다. 20대 초반이었다. 그 당시에는 그 누구의 말도 듣지 않았다. 내가 최고. 내가 진리. 하지만 사회생활을 하면서 쓴맛, 더 쓴맛, 엄청 쓴맛, 위산이 역류할 정도로 쓴맛 그리고 위에 구멍이 날 정도로 쓴맛만 보다 보니 나는 어느덧 어르신과 지인의 말에 귀를 기울이고 있었다. 먼저 비슷한 경험을 한 사람이 있다면 결국 나보다 먼저 시행착오를 겪었다는 뜻이니, 그 뒤를 밟으면 안전하리라고 생각했다.

그래서 인륜지대사라는 결혼을 300만원만 가지고 준비하고 그 과정을 글로 쓴다고 했을 때 쏟아지는 주위의 조언과 염려에 신경이 무척 쓰였다.

'엄마 말이 맞지 않을까?'

그럼에도 불구하고 내 뜻대로 강행한 이유가 있다.

첫째, 앞서 밝혔듯이 나는 목에 칼이 들어와도 300만 원이라는 예산을 변경할 생각이 추호도 없다(진짜 칼을 들이밀면 무섭긴 하겠다……). 이건 절대 바꾸지 않을 것이다.

둘째, 결혼을 경험한 건 맞지만 나와 비슷한 상황, 조건, 이유로 한 사람은 없다.

하지만 들을 건 들어야 한다는 마음으로 다음 몇 가지를 타협했다.

우선, 결혼식장은 웨딩홀이어야 한다. 사실 구니에게 몇 번이고 졸랐다.

"그냥 정화수 떠다 놓고 양가 부모님만 모시고 그렇게 하면 안 될까? 대신 결혼비용을 구니 이름으로 전액 기부할게. 그러면 앞으로 우리 가정에 좋은 기운이 들어올 것 같아."

하지만 이건 구니뿐만 아니라 엄마도 결사반대를 했다. 여러 가지 이유가 있겠지만 집에서 첫 번째로 치르는 혼사이기에 어르신들을 모시고 제대로 갖추고 하고 싶다는 생각이 크셨던 것 같다. 또한 구니 역시 결혼하는 모습을 친척 및 지인에게 보여주고 싶고 식사도 꼭 대접하고 싶다고 했다. 그래서 그 말은 듣기로 했다.

둘째, 위치는 인천이어야 한다.

사실 글을 쓰는 사람에게는 로망이라는 게 있다(사실 내게만 그런 것일 수도 있다). 그건 바로 도서관에서의 결혼식. 아는 사람은 안다는 국립중앙도서관에서의 스몰웨딩이 내가 꿈꾸는 또 하나의 이상적인 결혼식 모습이다. 무엇보다 화환을 거부하고 성대한 결혼식을 지양한다는 방침이 나의 가치관과 딱 맞아떨어진다. 홀 장식도 필요 없는데다가 피로연을 열 수 있는 구내식당도 갖춰져 있고, 대관료가 5만 원대로 매우 저렴하다. 문제는 위치다. 서초역에 있어 양가 어르신들이 모두 서울로 상경해야 한다. 구니도, 엄마도 안 된다고 했다. 결국 양보하기로 했다.

셋째, 신혼여행은 가야 한다.

내가 이 모든 게 귀찮아서 안 하는 것처럼 느껴질 수도 있겠다. 결혼식에 이어 신혼여행도 가지 말자고 우기다니! 하지만 나는 외국에서 약 2년의 시간을 보냈다. 아는 사람 하나도 없는 타지에서 공부하고 여행하는 동안 너무나도 거대하고 끝이 없는 외로움에 시달렸다. 외국이라면 신물이 난다. 그래서 신혼여행도 그다지 가고 싶지 않았다. 이건 사실 너무 이기적이기는 했다. 대신 간이역을 둘러보는 국내 기차여행을 제안했는데, 구니의 표정이 매우 좋지 않았다. 그 말인즉슨 이번에는 내가 그의 말을 들어줘야 한다는 뜻이다 (구니는 이해심이 바다처럼 넓다. 그의 사전에는 'No'가 없는 게 분명하다). 그래서 약간의 타협을 했다. 외국 나가는 건 여름휴가로 대신하고, 본식이 끝나면 일주일간 구니의 차를 끌고 전국일주를 떠나기로 했다. 가다가 마음에 드는 곳이 있으면 더 놀고 더 머물고 싶은 곳이 있으면 마음 내킬 때까지 쉬기로 했으니, 일종의 편안하고 안락한 무전여행인 셈이다.

이 세 가지를 타협하는 대신 구니는 웨딩홀에서 어떤 형태로 결혼식을 진행하든 내게 맡기겠다고 했다. 그래서 식전영상 제작도 비싼 드레스도 헬퍼도 케이크 커팅도 없이 하기로 했다. 대신 셀프 웨딩드레스를 입고 축가와 축무를 직접 선보이는 쪽으로 방향을 잡았다.

　사실 결혼 준비를 공개하면서 주위 사람에게 미안한 마음이 컸다. 남들처럼 평범하게 하지 않고 유난을 떠는 것만 같아 마음 한편이 따끔따끔했다. 특히 엄마와 이모가 많이 걱정했다.

　작은 이모, 일명 부산 이모께서는 나를 아기 때부터 자주 돌봐주셨다고 한다(실은 워낙 어릴 때라 기억은 나지 않지만, 수많은 사진이 증거로 남아 있다). 하루는 엄마가 외출한 사이 이모가 나를 데리고 가게에 데려가 빨간색 땡땡이 무늬 신발을 사줬는데, 나는 밤늦게 돌아온 엄마에게 안기는 대신 발을 뻗어 이모가 사준 선물을 자랑했다고 했다. 이렇게 조카인 나를 많이 예뻐해 주신 만큼 이 특이한 결혼 준비를 지켜보면서 걱정이 많이 되실 수밖에.

　"언니, 다른 건 모르겠는데 그 웨딩드레스는 입지 말라고 해. 웨딩홀이랑 잘 안 어울릴뿐더러 좀 좋은 걸로 입혀."

　나는 안다. 이모가 왜 그렇게 이야기하는지.

　'고맙습니다. 이모가 걱정하고 있다는 걸 알아요. 하지만 알잖아요? 제가 고집이 세서 남들처럼은 안 할 거라는 걸. 사랑해요.'

　엄마는 긴말하지 않았다. 대신에 어느 날 방문을 열더니

　"부모는 말이야…… 부모는 말이야…… 자식이 좋은…… 너도 자식 낳아보면 알 거야."

　나는 안다. 엄마가 무슨 이야길 하고 싶었는지. 자식이 좋은 옷 입

고 좋은 곳에서 아름답게 새 출발하는 모습을 만들어주고 싶다는 것을.

'말하지 않아도 엄마의 진심과 사랑을 느끼고 있어요. 하지만 알 잖아요? 제가 고집이 세서 남들처럼은 안 할 거라는 걸. 사랑해요.'

내 뜻대로만 우기는 결혼은 싫다. 부모에게 등 돌린 채로 새 출발 하고 싶지 않다. 주위 사람에게 걱정끼치고 싶지 않다. 그럼에도 불구하고 나는 내 갈 길을 간다. 지금도 돈이 없으면 결혼을 포기해야 한다고 생각하는 사람들을 위해. 그게 아니라는 걸, 사랑이 있다면 결혼할 수 있다는 걸 보여주고 싶어 직접 끝까지 다 해볼 생각이다.

결혼식을 앞두고 내가 간과한 것이 있다. 바로 결혼식은 부모님을 위한 자리이기도 하다는 점이다. 아무리 내 뜻이 중요하다고 해도 타협해야 하는 부분이 존재한다. 그걸 조율해나가는 게 가장 힘든 과정이기도 하다. 이때는 한 명쯤 무조건 나의 뜻을 지지해줄 사람이 필요하다. 지인이든 친척이든 누군가가 객관적인 시각으로 내 취지를 전달해주지 않으면 서로 마음 상할 수도 있다. 결혼을 준비하며 뼈저리게 느꼈다.

　가능하다면 어느 선까지 양보와 수용을 할 수 있는지 구체적으로 이야기해보자. 말로 전달하는 데에 한계가 있다면 표나 글로 정리해서 보여드리는 방법도 괜찮다. 하지만 자식 이기는 부모 없다고, 내 뜻이 선하고 바르다면 최대한 받아들일 수 있는 선에서는 이해하려고 하실 거다.

5
웨딩홀 찾아 삼만 리
-상편

숨기지 않겠다. 나는 지금 고전 중이다. 정확히는 '악전고투'하고 있다. 이게 다 '웨딩홀' 때문이다. 처음에는 쉽게 풀릴 줄 알았다. 좋은 의도를 가지고 설득한다면 될 줄 알았으니까. 하지만 아직까지 결혼은 '인륜지대사'와 '양가의 결합'이라는 의미와 형식을 띄어야 한다. 그리고 그것의 정수는 바로 결. 혼. 식이다(라는 걸 요즘 절실히 느끼고 있다).

어렵게 말했지만 결론은 하객을 모시고 식사를 대접할 수 있는 웨딩홀에서 결혼해야 한다는 말이다. 이건 내가 꿈꾼 결혼식 모습과 너무나도 다르다.

나의 결혼식 로망은 이랬다.

하나, 축구장 결혼식.

인조잔디구장을 빌려 하객을 관중으로 모시고 행진 대신 시축을 한다. 청첩장 대신 입장권을 나눠주고 입구에 만들어놓은 모금함에 축의금을 넣는다. 이렇게 모은 금액은 전액 기부한다. 한 가지 더, 축의금 상한선은 3만 원. 이 액수를 넘기지 않는다.

둘, 길거리 결혼식.

내가 사는 거리를 셀프 웨딩드레스에 컨버스 운동화를 신은 채 신랑의 팔짱을 끼고 행진한다. 당연히 돈은 단 한 푼도 들지 않는다.

셋, 도서관 결혼식.

작가에게 가장 뜻 깊은 공간인 도서관에서 결혼식하기. 사실 이건 이미 현실적으로 가능한 방법이기도 하다. 앞에서 말했듯이 국립중앙도서관에는 결혼식을 할 수 있는 장소가 있으니까.

"구니는 결혼식 로망이 없어?"

"나는 영화 '어바웃 타임'에 나오는 스몰웨딩이 보기 좋던데. 가까운 사람만 초대해 바닷가에서 올리는 결혼식 말이야."

하지만 이상과 현실은 거리가 멀었다. 그래서 우리는 종종 나 혼자, 가끔은 둘이 함께 웨딩홀 투어를 떠났다. 그러면서 참 많은 식장을 봤다.

엄청 비싸고 고급스러워 보이는 웨딩홀

LED 조명이 번쩍번쩍한 웨딩홀

저렴하고 외관이 허름한 웨딩홀

다시 찾아갔더니 그새 주인이 바뀐 웨딩홀

주차장은 넓지만 그림의 떡인 웨딩홀

임대료를 안 내서 강제철거된 웨딩홀

식비가 호텔보다 비싼 웨딩홀

가격은 적당한데 콘셉트가 안 맞는 웨딩홀

아직도 우리는 웨딩홀 난민의 마음으로 여행을 떠난다. 가까워 보이지만 아직도 먼 그곳을 향해.

야외웨딩은 로맨틱한 분위기에서 식을 올릴 수 있다는 장점이 있다. 하지만 날씨의 영향을 많이 받는다. 실제로 이렇게 식을 올린 사람의 말을 들어보니 일기예보를 확인하고 또 확인해야 했다고 한다. 그나마도 너무 덥거나 추운 여름과 겨울에는 진행할 수 없다. 이러한 현실적인 이유로 실행에 옮기기 어려운 게 사실이다. 하지만 비가 오면 오는 대로, 바람이 불면 부는 대로 불편을 감수할 수 있다면 추천해주고 싶다. 오랫동안 기억에 남는 추억이 될 것이다.

스몰웨딩 혹은 하우스웨딩은 단출하고 화기애애한 분위기에서 식을 올릴 수 있다. 하지만 이 경우 장소 세팅을 직접 하거나 업체와 계약을 맺어 진행하므로 추가 금액이 발생할 수 있고 적은 인원을 받다 보니 식비가 높게 책정되기도 한다. 나 역시 스몰웨딩홀을 알아봤다. 레스토랑 안에 따로 공간이 갖춰져 있는 구조였는데, 식대가 기존 웨딩홀보다도 비싸 선택지에서 지울 수밖에 없었다.

이벤트웨딩 혹은 파티웨딩은 결혼식을 좀 더 특별한 추억으로 남길 수 있다는 장점이 있다. 공연장을 빌려 미니콘서트 형식으로 진행하거나 공간을 빌려 담소를 나누고 음식도 먹으며 파티하듯 진행하기도 한다. 장소 선택의 폭이 넓고 정해진 형식이 없기에 자신이 원하는 대로 결혼식을 연출할 수 있다. 단, 이점은 장점이자 단점이기도 하다. 자신이 직접 기획하고 준비해야 하기에 시간적 여유가 없다면 진행하기 어렵다. 또한 양가 부모님과도 뜻이 맞아야 추진이 가능하다.

채플웨딩은 종교가 있다면 가장 이상적인 결혼식이 될 수 있다. 성당이나 교회를 대관해 진행하는데, 세세한 부분은 일반 결혼식과 차이가 있지만 전체적인 형식은 비슷하다. 다만 본식 스냅이나 피로연 업체가 지정되어 있다면 선택의 폭이 좁고, 생각보다 비용이 저렴한 편은 아니다. 또한 양가의 종교가 다른 경우에는 갈등이 생길 수 있으니 사전에 충분한 대화와 합의가 필요하다.

6
웨딩홀 찾아 삼만 리
-중편

축구장 결혼식, 길거리 결혼식, 그리고 도서관 결혼식도 포기하고 웨딩홀에서 결혼하기로 마음먹고 난 뒤 나는 전문용어의 벽에 부딪혔다. 커뮤니티의 글을 참고하는데 모르는 말이 태반인 것! 다행히 꽤 오랜 시간 동안의 눈팅과 웨딩홀 투어로 자연스레 무슨 뜻인지 깨우쳤다. 그리하여 나름의 설명집을 만들었으니, 바로 이것이다.

· 스드메: 스튜디오 촬영과 드레스 렌탈, 메이크업의 준말. 주로 이
    세 가지를 패키지로 많이 한다. 단, 양가 아버님과 혼주 메

이크업은 포함되지 않으니 따로 진행해야 한다.

- 드메: 드레스 렌탈과 메이크업의 준말. 스드메 금액이 부담스럽 거나 사진촬영을 셀프로 하는 경우에 이 두 가지만 패키지 로 진행하며 약간 할인된 금액으로 계약할 수 있다.

- 홀비: 예식장 대관료.

- 동시예식: 웨딩홀 한 층에 홀이 두 개 있어 같은 시간대에 두 팀이 예식을 동시에 진행하는 것.

- 워킹: 웨딩플래너와의 계약 없이 웨딩홀에 직접 찾아가 상담받 는 것. 워킹으로 상담받은 경우 추후 다시 웨딩플래너를 끼 고 진행하기 어려울 수 있으니 사전에 어떤 식으로 할지 미 리 정해야 한다.

- 버진로드: 신랑과 신부가 입장하는 길로 단이 놓여 있다.

- 채플웨딩: 성당이나 교회 분위기의 식장에서 진행하는 결혼식. 소박하고 경건한 느낌을 주며 다른 식장에 비해 상대 적으로 버진로드가 낮거나 없다.

- 시어터웨딩: 화려한 분위기의 식장에서 진행하는 결혼식.

- 하우스웨딩: 집에서 하는 것처럼 소규모로 자연스러운 분위기에 서 진행하는 결혼식.

- 본식촬영: 결혼식 당일 사진과 영상촬영을 말하며 스드메 패키 지에는 포함되지 않는다.

· 혼주: 양가 어머님.

· 헬퍼: 드레스를 입고 벗을 때 도와주고 끌리는 드레스 자락을 들어주는 역할을 하는 도우미.

· 보증인원: 예상되는 하객 수. 더 적게 와도 계약 당시의 인원수에 맞춰 돈을 지불해야 한다.

대개 가장 큰 비용을 차지하는 내역은 이렇다.

스드메＋홀비＋식비＋폐백＋본식 촬영

그다음으로 큰 비용을 차지하는 내역은 이렇다.

신랑 예복＋양가 아버님 정장＋양가 혼주 한복＋
양가 혼주 메이크업＋양가 아버님 메이크업

나머지 자질구레한 비용은 이렇다.

청첩장 제작비용＋헬퍼비＋축가 섭외비＋
사회 및 주례비＋각종 수고비 등

다행히 우리는 헬퍼와 스드메를 이용하지 않아 돈을 아낄 수 있었고 메이크업도 저렴하면서 괜찮은 곳으로 따로 섭외해 비용을 대폭 낮췄다. 청첩장도 이벤트를 이용해 시중가격의 절반 정도로 제작할 수 있었다.

무엇보다 대강의 금액이 궁금할 거다. 웨딩홀과 관련한 내용은 대부분 온라인이나 전화로 확인하기 어려워 직접 방문해야 한다. 홀비는 시기나 보증인원 수에 따라 무료인 경우도 있으며, 비싼 곳은 상상을 초월하는 금액을 자랑한다.

내가 실제로 받은 견적을 공개한다.

A 예식장

조건 : 11월, 토요일 세 시, 보증인원 150명

홀비 15만 원, 식대 3만 원 가량

B 예식장

조건 : 11월, 토요일, 네 시, 보증인원 150명

홀비 60만 원, 식대 3만 원대 초반

C 예식장

조건: 11월, 토요일 세 시, 보증인원 100명

홀비 0원, 식대 2만 원대 중반

D 예식장

조건: 11월, 토요일 세 시, 보증인원 150명

홀비 0원, 식대 3만 원가량

E 예식장

조건: 11월, 일요일 세 시, 보증인원 150명

홀비 0원, 식대 3만 원대 후반

F 예식장

조건: 11월, 토요일 세 시, 보증인원 150명

홀비 0원, 식대 4만 원대 초반

G 예식장

조건: 11월, 토요일 세 시, 보증인원 150명

홀비 15만 원, 식대 2만 원대 후반

내 마음에 쏙 드는 웨딩홀을 찾기는 쉽지 않다. 그저 조건에 맞춰 선택할 뿐이다. 사실 어떤 그릇에 담는지가 뭐 그리 중요하겠나. 무엇을 담느냐가 중요하지.

결혼에는 성수기와 비수기가 있다. 당연히 날씨가 좋고 결혼하는 사람이 몰리는 시즌은 가격이 비싸고, 날씨가 좋지 않고 결혼하려는 사람이 별로 없는 시즌은 가격이 저렴하다. 주로 성수기는 3월부터 6월, 9월부터 12월까지로 치며 비수기는 7월부터 8월, 1월부터 2월까지다. 비수기에 식을 올린다면 홀비를 대폭 할인받을 수 있다.

토요일보다는 일요일에 할인 적용이 되는 곳이 많으며, 토요일이라 할지라도 열두 시에서 한 시 사이의 메인타임을 피하면 조금더 저렴하다. 보증인원을 늘리면 할인을 해주는 경우도 있다.

리모델링을 하거나 오픈 예정인 웨딩홀을 계약하면 할인을 받을수도 있다. 단, 이때는 조감도사진만으로 실내 모습을 확인해야 할수 있으며, 조감도가 실제 모습과 다를 때도 있으니 유의하도록 하자.

그리고 직원에게 특별 할인을 제공하는 웨딩홀도 있다. 이 경우 소개를 받으면 조금 더 저렴한 가격에 계약할 수 있다.

홀비와 식대가 싸다고 무조건 좋은 것은 아니다. 이런 경우 옵션을 요구하기도 하니 상담시 그 부분은 못을 박아두고 계약서에 명시하도록 하자. 또한 구두로만 이야기를 나누면 오해가 생길 수 있으니 서면으로 남겨두는 편이 좋다. 나는 아예 녹취를 하거나 계약서에 사소한 것 하나까지 모두 기재했다.

7
웨딩홀 찾아 삼만 리
-하편

욕심은 무럭무럭 자란다. 처음에는 분명 원하는 게 적었다. 그저 어른들이 말하는 웨딩홀이면 충분했다. 나의 취향과는 상관없이 가장 저렴했으면 좋겠다고, 그거면 눈 딱 감고 입장할 수 있다고 생각했다. 하지만 이왕 하는 거면 우리 마음에도 드는 곳이었으면 하는 바람이 생기더니

· 동시예식이면 안됨
· 역에서 가까울 것
· 옵션을 요구하지 않을 것

· 적어도 예식시간을 한 시간은 줄 것

· 소박하면서도 경건한 분위기에 버진로드가 높지 않을 것

· 비교적 깔끔하고 붐비지 않을 것

등으로 조건이 기하급수적으로 늘어났다.

하지만 이 조건을 모두 수용하면서 홀비가 전혀 없는 예식장은 없었다. 돈과 조건 사이에서 갈등하다 보니 머리가 터질 지경이었다.

그런 나를 보며 구니가 한 마디 건넸다.

"나는 다 괜찮던데. 그냥 날짜만 맞으면 될 거 같아."

(구니야, 그게 제일 어렵단다. 게다가 우리는 성수기인 11월에 결혼하잖니.)

어찌어찌해서 마음에 드는 웨딩홀을 찾았지만 예약이 꽉 차 좋은 시간대가 (메인타임은 전혀 고려하지 않았지만 너무 늦은 시간대가 아니었으면 했다) 남아 있지 않았다.

이제 그나마 고를 수 있다는 토요일 오전 열한 시냐 오후 네 시냐를 두고 갈등하기 시작했다.

'열한 시는 너무 이른 것 같고 네 시는 너무 늦은데 어쩐다.'

포털사이트에 검색해봐도 의견만 분분할 뿐 명쾌한 답은 없었다. 그제야 나는 정신을 차렸다. 웨딩홀에 쓸데없이 너무 많은 에너지를 쏟고 있으며 이건 집착에 가깝다는 걸 깨달았다. 좋은 배우자

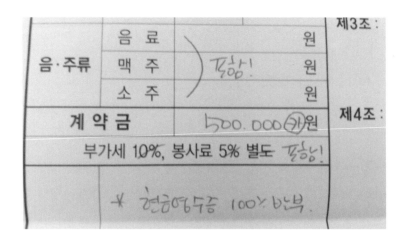

를 만나 평생을 함께 할 수 있게 되었는데 더 바랄 게 있을까?

　나는 그렇게 욕심을 내려놨고, 결국 예상치 못한 지인의 도움으로 할인까지 받고 계약할 수 있었다.

　50만 원이라는 돈을 지불하고 (거의 모든 예식장이 계약금을 받는다. 대부분 30만 원에서 50만 원대며 호텔예식은 100만 원대를 요구하기도 한다) 두 장의 계약서를 받자 내가 결혼하는 한다는 게 그제야 실감이 났다.

지출

· 웨딩홀 계약금 : 50만 원

지금까지 쓴 것 중 가장 큰 금액을 지출했다. 나머지 예산 안에서 아버님 예복과 혼주 한복 대여 그리고 양가 메이크업까지 해결해야 한다. 충분히 가능하다. 그러니 앞으로의 몇 가지 작은 관문만 넘으면 '300만 원으로 결혼하기' 프로젝트가 성공적으로 마무리될 것 같다. 하지만 방심은 금물이다. 자잘한 지출이 생길 수도 있으니 말이다. 그래도 한 숨 돌리고 오랜만에 찾아온 (웨딩홀로부터의) 해방감을 만끽하기로 했다.

결혼식 시간대가 뭐가 그리 중요하겠냐고 생각했다. 하지만 그건 오산이었다. 일단 양가 부모님이 신경을 쓰고 하객들도 신경쓴다. 그래서 특정 시간대에 결혼식이 몰려 메인타임이 생긴 거다. 하지만 꼭 열두 시에서 한 시 사이의 식을 고집할 필요는 없다. 오히려 토요일에 근무하거나 지방에서 올라오는 사람이 많으면 오후 늦은 시간이 더 편할 수도 있다. 우리는 네 시에 식을 올렸는데 식사를 하기에는 애매했지만 비교적 여유롭게 식을 준비하고 진행할 수 있었다. 하지만 마지막 타임에 식을 올릴 경우 음식이 떨어져도 채우지 않아 하객들이 불편해할 수 있으니 염두에 두시길.

Step 2: 아끼고 또 아껴도 되긴 되네?

8
셀프웨딩촬영, 삼각대만 있으면 돼
-상편

결혼 준비의 필수코스로 여겨지는 웨딩촬영. 솔직히 처음에는 할 생각이 전혀 없었다. 앞서 밝혔듯이 사진 찍는 걸 매우 귀찮아할뿐더러 사진발도 잘 받지 않는다는 걸 알기 때문이다.

여기서 잠깐! 사진발이 잘 안 받는 외모란 도대체 무엇인가?

잘생기고 못생기고를 떠나 실제 얼굴보다 사진이 잘 안 나오는 경우는 다음과 같다. 전문가의 소견이 아니니 참고만 하시길.

1. 얼굴이 전체적으로 평면적일 경우. 광대가 잘 발달되지 않았거

나 무턱일 때(내가 그렇다…… 하아)

2. 갸름하기보다는 이마와 턱까지의 길이가 짧은 동그란 얼굴형
일 때(내가 그렇다……하아2)

3. 까만 눈동자가 작을 때(인정하기는 싫지만 내가 그렇다…… 하아3)

4. 교정이나 기타의 이유로 입 근육을 자유롭게 쓰지 못할 때(이건
표정이 이상하게 나온다…… 하아4)

그래서 촬영을 하려면 화장에 굉장히 공을 들이는 게 좋다. 윤곽
을 뚜렷하게 하고 쉐딩으로 음영을 줘야 한다. 가급적 속눈썹은 붙
이는 게 낫고 하이라이터를 사용할 거면 펄은 빼야 한다.

어떻게 잘 아냐고? 사실 이건 예전에 촬영을 하며 얻은 노하우다
('수많은 시행착오 끝에'라는 말은 빼도록 하겠다. 너무 슬퍼지니까).

아무튼 불리한 조건을 가지고 촬영을 하려면 시간과 품이 들어
간다. 나는 그걸 감수하면서까지 사진을 찍고 싶지는 않았다. 게다
가 원치 않는데 비용까지 지불해야 하다니.

그래서 내 사전에 웨딩촬영은 없다고 선을 그었는데, 다시 구니
의 표정이 어두워지기 시작했다. 이유인즉슨 식장 앞 포토테이블을
그냥 비워두고 싶지 않다는 것(웨딩홀마다 다르긴 하지만 보통 사진파일
만 제공하면 무료로 인화해서 진열해준다). 그 말에 나는 그냥 셀카로 대신
하자며 어차피 하객들은 신경도 안 쓴다고 고집을 부려봤지만 새신

랑 구니는 여전히 하고 싶어 하는 눈치다.

"그럼, 우리끼리 찍자. 돈 들이지 말고."

그렇게 우리는 건강한 두 몸뚱이와 인터넷으로 구입한 스마트폰 삼각대 그리고 사은품으로 받은 셀카봉으로 웨딩촬영을 했다.

마침 휴가철이라 여행간 곳에서 사진촬영까지 해결하기로 했다. 하지만 후회해도 이미 늦은 것. 가는 날이 장날이라고 마침 전 세계에 유래 없는 폭염이 닥친 때에 촬영을, 그것도 야외에서 하게 되었다.

그때 나는 느꼈다. 더위에는 장사가 없다는 걸. 구니에게는 정말 미안한 이야기지만 나는 많이 예민해져 있었다. 그 어디에도 더위를 피할 곳이 없었다. 우리는 참 많이 싸웠다(물론 말다툼에 가깝지만 말이다).

한 번은 누군가 최고의 장소라고 추천을 해줘서 가봤더니 밤에만 해당되는 이야기였다. 정말 허허벌판에 직사광선이 내리쬐는 데다가 풍경도 예쁘지 않아 철수할 수밖에 없었다. 결국 그 다음날 이른 저녁쯤에 다시 가서 무사히 촬영을 마무리했다.

또 한 번은 웨딩촬영의 성지라고 해서 갔는데 정말 수많은 신랑 신부가 줄을 서서 대기하고 있었다. 뙤약볕에 기다려봤자 내 차례는 영원히 돌아올 것 같지 않아 씁쓸하게 돌아섰다. 그런 우리에게 하늘에서는 소나기까지 내려주셨다. 매정한 자여……

지출

· 삼각대와 셀카봉 그리고 거치대: 1만9천700원

9

셀프웨딩촬영, 삼각대만 있으면 돼
-중편

신이 나에게 쓸 수 있는 쩐을 내려주신다면 제일 먼저 블루투스 리모컨을 사겠다. 삼각대와 셀카봉 그리고 스마트폰의 타이머 기능만 있으면 촬영할 수 있기는 하다. 하지만 세워놓고 찍고 다시 달려가 타이머세팅하고 포즈잡고 찍고 다시 달려가 타이머세팅하고 포즈잡고 찍고 다시 달려가는 무한반복의 과정을 겪다 보면 진이 빠진다(는 오버고 좀 힘들다).

게다가 날씨까지 덥다면 만져놓은 머리와 헤어가 실시간으로 망가지는 걸 체험할 수 있다. 그러다 보니 '만약 블루투스 리모컨이 있다면'이라는 불가능한 상황을 자꾸만 가정하게 된다. 이미 촬영은

다 끝났으니 이제와 소용없다. 다만 우리의 경험을 타산지석 삼아 시행착오가 없기만을 바랄 뿐이다.

여기서 다시 신이 나에게 쓸 수 있는 능력을 내려주신다면 제일 먼저 포토샵 기술을 달라 하겠다. 컴맹 중 컴맹인 글쟁이 문과생과 컴맹은 아니지만 포토샵은 할 줄 모르는 공대생이 뭉치면 너무나도 현실적인 사진을 받아 들고 현실을 부정하게 된다. "내 배가 이렇게 나왔다고?" 내지는 "내 팔뚝이 이렇게 굵다니!"라는 의문이자 혼잣말을 되뇌다가 신경쇠약에 걸릴 지경이었으니까(는 역시 과장이 좀 보태진 거다. 실은 좀 실망한 정도랄까?).

그래서 나는 어플을 이용해 살짝 손을 봤다. 그래도 전문가의 손길만 못한건 사실이지만. 웨딩사진만 전문적으로 보정해주는 곳도 있단다. 비싸지는 않다고 하니 제일 마음에 드는 사진 서너 장 정도를 골라 맡기는 것도 나쁘진 않겠다. 하지만 나는 이미 대충 보정을 끝냈으니 나의 시행착오를 바탕으로 다른 예비신부들이나마 예쁜 사진을 받아 들기를 바랄 뿐이다.

마지막으로 신이 무척 너그러워 나에게 쓸 수 있는 카드 한 장을 더 내려주신다면 '지인찬스'를 쓰겠다. 셀프 웨딩촬영을 하다 보면 소품이나 의상을 들고 다녀야 하는데, 그게 무척 번거롭다. 또한 중요한 소지품을 잃어버리지 않게 옆에 두었다가는 사진 속 한 귀퉁이에 등장하게 될 수도 있으니 누군가 짐을 지켜주면 좋다.

하지만 그러다 셔터도 좀 눌러줬으면 화장도 좀 해줬으면 머리도 만져줬으면 종이가루도 뿌려줬으면 하고 바라는 게 많아져 결국 셀프가 아닌 촬영이 될 것 같아 상상만 하다 접었다. 부디 나의 시행착오를 타산지석으로 삼아 안절부절 하는 일이 없기를 바랄 뿐이다.

그럼에도 불구하고 우리는 셀프 웨딩촬영을 즐겼다. 짐을 챙기고 앵글을 함께 고민하고 포즈를 의논하고 사진을 보며 웃을 수 있었다. 이건 절대 잊을 수 없는 또 하나의 추억이 될 것이다.

포토샵을 할 줄 모르는 기계치에 컴맹이라도 사진 보정을 할 수 있는 어플이 시중에 많이 나와 있다. 이 중에 내가 사용한 건 뷰티플러스와 픽스아트인데 피부톤이나 신체길이도 조절할 수 있다. 단, 너무 많이 고치면 오히려 더 이상하고 어색해질 수 있으니 적당한 선에서 수정하는 것이 좋다.

더 나은 퀄리티를 원하지만 도와줄 사람이 없다면 재능거래사이트를 이용해도 괜찮다. 오투잡이나 크몽에 가면 샘플도 볼 수 있고 후기를 보고 보정해주는 사람의 실력을 가늠할 수도 있다. 또한 원하는 가격대에 맞춰 보정을 부탁할 수 있다는 장점도 있다. 의심스러우면 우선 한 두 장 정도를 맡긴 뒤에 나머지 사진도 주문을 넣는 게 좋다.

10
셀프웨딩촬영, 삼각대만 있으면 돼
-하편

그냥 가지고 있는 셀프 웨딩드레스를 입고 삼각대를 가지고 스마트폰으로 찍으면 된다고 생각해 시작한 셀프 웨딩촬영. 무식하다면 용감하다고 어쨌든 청첩장에 넣을 사진은 건질 수 있었다. 사전지식이 전무했기에 머리가 아닌 몸으로 깨우친 나름의 노하우는 유일한 수확이라 살포시 공개해본다.

야외촬영과 실내촬영, 어떤 게 더 좋을까?

이건 성향에 따라 다르기에 뭐라 단정해서 말할 순 없지만 나는 야외촬영이 더 좋았다. 이유는 당연히 찍히는 그림이 훨씬 멋있기

때문이다(CG기술이 있다면 실내도 괜찮겠다). 또한 자연이 주는 멋은 그 어떤 컨셉도 따라오기 힘들다는 게 나의 지극히 개인적인 생각이다 (이 또한 엄청난 기술과 노하우가 있다면 실내도 괜찮겠다). 하지만 무엇보다 촬영 장소의 내음과 소리 같은 후청각적 경험이야말로 그 어떤 걸로도 대체할 수 없는 가장 큰 장점이라고 할 수 있겠다(이 또한 4D기술이 있다면 실내도 괜찮겠다).

한마디로 야외는 싱그럽고 아름답다.

장점만 쭉 열거했지만 당연히 야외촬영도 단점이 있다. 날씨의 영향을 제일 크게 받기에 비가 오거나 눈이 내리거나 우박이 쏟아지거나 번개나 천둥이 치면 촬영이 힘들다. 또한 지나가는 사람들을 통제하기도 힘들고 자칫 잘못하면 처음 보는 이가 앵글에 찍히기도 한다. 그리고 셀프웨딩촬영이 빈번한 곳이 아니라면 수많은 질문을 받거나 관심이 쏟아질 수도 있다. 그 밖에도 직사광선과 습기 탓에 화장이 지워지거나 흘러내리고 소가 핥은 것처럼 머리가 착 가라앉기도 한다는 점을 들 수 있겠다. 아참, 신부라면 높은 힐을 신고 이동하는 게 나름 고역이다. 나는 9센티미터 힐을 신었으나 단화를 챙겨가지고 다니며 갈아 신었다. 실은 이게 더 귀찮았다.

그렇다면 실내촬영의 장단점은 무엇일까? 우선 날씨에 구애받지 않으면서 쾌적하게 촬영할 수 있다. 또한 배경지를 이용할 수 있는 렌탈스튜디오와 같은 곳이라면 화보처럼 찍을 수도 있다. 다만 장소를 섭외하기가 어려워 무작정 분위기 좋은 카페를 찾아갔다가는 직원의 제재를 받을 수도 있고(다른 손님에게 방해가 되니 당연한 부분이라고 생각한다), 섭외를 한 장소라면 당연히 렌탈비가 나간다.

카메라는 어떤 걸 써야하나?

성능이 좋은 카메라가 당연히 좋겠지만 도와주는 사람이 없는데 짐을 늘릴 수는 없는 법. 게다가 삼각대에 고정시켜놔도 거리가 있어 혹여나 누가 가져가지는 않을까 하는 마음에 노심초사 좌불안석이 될 수도 있다(싸구려 스마트폰이지만 내가 그랬다). 그러니 이왕이면 집에 굴러다니는, 잃어버려도 3박4일 이상은 울지 않을 것 같은 기기가 좋겠다. 단, 사진을 인화할 생각이라면 300dpi 정도는 되는 스펙의 카메라로 찍는 게 좋다.

뚜벅이라도 괜찮을까?

이건 단언할 수 있다. 차가 있는 게 좋다. 왜냐면 내가 뚜벅이로 찍었으니까. 야외촬영을 하면 필연적으로 장소이동을 해야 하는데 이때 웨딩드레스와 턱시도를 입고 대중교통을 이용하면 굉장히 불편하다. 또한 옷을 갈아입을 만한 곳도 없다. 그러니 몇 안 되는 짐일지라도 차에 실어놓고 편하게 찍기를 바란다. 그 차가 어떤 차든 상관은 전혀 없다. 똥차든 트럭이든 다마스든 쏘카든 아빠 차든 경차든 뭐든 차는 필요하다.

시행착오를 겪었으니 남에게 들려줄 말이 있어 좋긴 한데, 정작 나 자신은 촬영을 다시 할 수 없어 그 점이 아쉬울 뿐이다. 그래도 셀프 웨딩촬영은 좋았다. 더운 여름에 긴팔 드레스 입고 땀 흘리고 수없이 신발을 갈아 신었어도 예상치 못한 낯선 이들의 호의와 도움이 있었기에 잘 마칠 수 있었다. 그리고 무엇보다 구니의 넓은 이해심 때문에 다 잘 끝난 거라고 믿어 의심…… 의심…… 의심…… 의심치 않는다.

11

150만 원으로 혼수를 몽땅?
미친 거 아니야?

괜찮다. 휴우. 일단 숨부터 내쉬고 시작하려 한다. 사실 결혼 준비를 공개하고 나서 격려도 많이 받고 응원해주시는 분도 생겼다. 하지만 그와 함께 좋지 않은 이야기도 들었다. 악플도 관심이라고는 하지만 가까운 사람의 말이었기에 쉬이 흘려듣기 힘들었다.

그들의 반응은 대체로 이랬다.

"150만 원으로 혼수가 어떻게 가능하냐?"

"궁상떨지 마. 왜 그렇게 하려고 하는 건데?"

그러니 이제 내가 답을 할 차례다.

첫째, 150만 원으로 가구와 가전제품을 모두 구입할 수 있다.

우리가 애용한 브랜드는 다음과 같다.

LG, 쿠쿠, 동양매직, 한샘, 이케아, 무인양품, 대유위니아, 테팔, 월풀, 스마트라, 채우리, 보만 그리고 왕자행거까지.

거짓말이라고 생각하실까 봐 혼수 구입 목록을 금액과 함께 적나라하게 적어본다.

· 냉장고: 151리터, 23만6300원, 딤채
· 세탁기: 14킬로그램, 37만8260원, LG(선물 받음)
· TV: 32인치, 15만9000원, 스마트라
· 밥솥: 3인용, 5만6500원, 쿠쿠
· 가스렌지: 2구, 10만3550원, 동양매직(선물 받음)
· 전자레인지: 700와트, 5만9500원, 월풀
· 소파: 3인용, 21만9100원, 한샘
· 소파테이블: 1200밀리미터, 6만9980원, 채우리
· 테이블, 의자: 6만9000원, 이케아
· TV 장식장: 5만9000원, 이케아
· 수납장: 3만9900원, 이케아
· 선반: 1만9900원, 이케아
· 행거: 7만6400원, 왕자행거

- 이불: 6만300원, 무인양품
- 침대 시트: 1만4900원, 이케아
- 베개커버 두 개: 1만1800원, 이케아
- 청소기: 9만6690원, 일렉트로룩스(선물 받음)
- 다리미: 9900원, 보만
- 커피메이커: 0.6리터, 2만9040원, 테팔(선물 받음)
- 식기세트: 7만9000원 한샘
- 프라이팬 두 개: 3만5190원, 테팔
- 냄비 세트: 1만4900원, 이케아

→ 순수지출: 129만5I70원+@

그렇다면 몇천만 원 주고 혼수 한다는 말은 무엇이냐?

바로, 사이즈가 다르답니다.

애초에 혼수 장만을 할 때 우리는 10평대 아파트를 기준으로 했다. 큰 평수에서 살 일은 영원히 없을 것 같아 대형가전은 과감하게 제외했다. 그래도 여전히 151리터의 냉장고도 32인치의 텔레비전도 우리에게는 크다.

직업 특성상 구니는 점심과 저녁은 회사에서 먹고 나 역시 집에서 밥을 먹을 일이 없다보니 밥솥도 큰 사이즈를 살 필요가 없었다.

우리가 구입한 건 3인용짜리 전기밥솥. 앙증맞고 자리도 거의 차지하지 않아 대만족. 아주 잘 쓰고 있다.

그리고 일단 에어컨은 뺐다. 대신에 추위에 약한 우리는 난방 텐트와 전기장판 그리고 가스보일러를 필수로 넣었다.

또한, 잘 알려지지 않은 외국브랜드나 가격 대비 성능이 좋은 중소기업 제품을 구입했다.

용량을 줄여서 살 수 없는 가전제품은 인터넷 검색을 활용했다. 후기를 읽어보며 아직 우리나라 사람에게는 낯설지만 외국에서는 잘 알려진 브랜드를 조사했다. 비교적 평점이 높고 후기에서 좋은 평가를 받은 중소기업 제품도 리스트에 추가했다. 그렇게 새 제품을 평균 시세보다 저렴한 가격에 구입할 수 있었다. 튼튼하고 A/S가 잘되는 제품으로만 샀으니 궁상맞다고 할 필요는 없을 듯 하다.

이렇게 아껴서 혼수 장만을 한 이유는 무엇보다 돈을 쓰고 싶은 데 쓰고 싶어서 그렇다.

법정스님처럼 무소유라는 신념은 갖고 있지 않지만, 더 크고 화려하고 멋진 물건이 우리의 인생을 풍요롭게 해주는 게 아니라고 믿는다. 남들이 그렇게 한다고 똑같이 원치 않는 곳에 돈을 쓰고 싶지 않다.

냉장고
151리터 기준 20만 원대
VS
815리터 기준 양문형 80만 원대부터

냉장고를 구입할 때 우리가 또 하나 눈여겨본 건 에너지 소비 효율 등급이었다. 다른 가전제품에 비해 사용량이 많기에 1등급 제품으로 구입했다. 1등급 제품을 사용하면 전기세를 상당량 아낄 수 있어 좋다. 또한 작은 크기의 냉장고를 구입하면 상단에 다른 전기제품을 놓을 수 있어 공간 활용에도 좋다. 밥솥을 놓거나 커피메이커를 올려놓아도 괜찮다.

텔레비전

32인치 10만 원대
VS
55인치 50~80만 원대
VS
65인치 80~100만 원대

텔레비전은 옵션에 따라 가격 차이가 정말 많이 난다. 요즘에는 UHD급 화질을 구현하거나 3D로 즐길 수도 있는데, 우리는 이런 제품은 과감히 배제했다. 또한 텔레비전은 클수록 좋다는 이야기를 많이 들었기에 걱정했지만 거실이 넓지 않아 소파에 기대어 앉아서 볼 때도 작다는 생각은 전혀 들지 않았다.

청소기

유선청소기 9만 원대
VS
무선청소기 16만 원대

청소기는 사실 가격만 따져 사기 어렵다. 성능이 좋지 않으면 집안이 지저분해지거나 시간과 에너지를 낭비할 수 있기 때문이다. 그래서 가격대가 좀 더 나가더라도 사람들이 믿고 추천하는 브랜드를 고르되 유선으로 구입했다. 다행히 코드가 길어 꽂아놓고 거실과

부엌 그리고 침실까지 다 청소가 가능했다.

밥솥

3인용 4~5만 원대
VS
10인용 8~15만 원대

집에서 밥을 자주 해먹을 일이 없는 우리는 아예 큰 밥솥은 배제했다. 3인용에서 6인용 사이에서 알아봤는데, 성능과 가격 그리고 디자인까지 고려하다 보니 마음에 쏙 드는 제품이 없었다. 오랫동안 검색하고 알아본 끝에 압력밥솥 대신 3인용 전기밥솥으로 구입했다.

소파

소파가 꼭 필요한 가구인지는 사람마다 생각이 다르겠지만 우리는 손님을 많이 초대하고 싶어 3인용 패브릭 소파베드를 구입했다. 브랜드와 디자인, 소재에 따라 가격 차이가 아주 크긴 하지만 가죽보다는 패브릭 소재가 더 저렴하다. 단, 소재에 따라 보관이나 취급방법이 달라지니 이 점까지 고려해서 구입하는 게 좋다.

*가전제품의 경우 시세 변동이 심해 기재된 가격과 차이가 있을 수 있음.

12
하나씩 버리기

제목만 보고 깜짝 놀라실까 봐 미리 말씀드린다. 하나씩 (팔아) 버리기라는 걸. 이 일의 시작은 꽤 오랜 시간을 거슬러 올라야 가야 한다. 재작년 가을과 겨울 사이에 우리 집은 리모델링을 했다. 오래된 집이었기에 고치려는 생각은 늘 하고 있었지만 시간을 내기가 어려웠다(바빠서가 아니라 가족 모두의 스케줄에 맞추기 힘들었다). 그러던 중, 그냥 저질러보기로 했다.

"리모델링을 한다고? 잘됐네."

다들 이런 반응이었기에 어려움이 있으리라고는 상상조차 하지 못했다. 이는 곧 끔찍한 현실로 다가왔다. 자고로 이사든 뭐든 빈집보다 사람이 살고 있는 집이 더 어렵다는 걸 나중에야 알았다. 엄마가 내게 이 사실을 귀뜸해주지 않은 건 상식이기 때문이라고 했다. 아무튼 집에 있는 짐을 다 빼주는 데에 10만 원을 더 내라고 하기에 금방 할 수 있을 것 같아 직접 하겠다고 했다.

그런데 이게 웬일. 아무리 짐을 빼내도 끝이 없었다. 화수분처럼 물건이 계속 나오는데 기겁할 수준이었다. 특히나 그동안 내가 애지중지 모은 책이 가장 큰 문제가 될지 몰랐다. 다른 그 어떤 살림살이보다 책이 가장 무겁고 옮기기 힘들었다.

그렇게 우리 가족은 이틀간의 공사 때문에 일주일 동안 짐을 베란다로 모두 내놔야 했고, 추운 날 며칠간 공사 소음과 먼지에 시달리며 오들오들 떨면서 잠을 청해야 했다. 덕분에 얻은 감기와 몸살은 훈장과도 같다. 그 이후 나는 아주 큰 깨달음을 얻었다.

'물건이 적을수록 좋은 거다.'

그 깨달음을 이미 실천하고 있는 작가들도 있다. 그들은 일상에서의 비움을 실천하며 기록하고 있었다. 나 역시 책을 자유롭게 해주겠다는 일념으로 리모델링을 끝마치자마자 주위 사람에게 무료로 나눠주기도 하고 팔기도 했다.

이때의 경험은 결혼 준비를 하면서도 그대로 적용했다. 사실 두 사람이 하나가 되는 과정은 결국 두 사람의 물건이 하나로 합쳐진다는 것이나 다름없지 않은가?

"집에 뭐 있어?"

그렇게 각자 가지고 있는 물품을 조사하다 보니 우리는 꽤 많은 것을 소유하고 있었다. 두 개씩 가지고 있을 필요가 없는 가전제품, 책 그리고 각종 가구. 그래서 우리는 그중에 중복으로 소장하고 있는 것은 팔기로 했다.

"책은 파는 거 아니야. 내 말 들어."

다른 건 몰라도 구니는 책은 팔지 않았으면 했다. 하지만 나는 이미 마음을 굳힌 뒤였다. 내가 제일 좋아하는 작가 요네스 뵈와 J.R.R. 톨킨의 책을 제외하고는 다 처분할 생각이었으니까. 그렇게 소수정예로 살아남은 책 말고는 중고서점으로 직행했다.

그다음은 구니의 노트북이었다. 이미 내가 넷북과 노트북을 하나씩 가지고 있어 굳이 여러 대의 컴퓨터를 가지고 있을 필요가 없을 것 같았다. 부평 근처에서 작별을 고했다. 사실 구니가 팔고 싶지 않아 하기는 했다.

이번에는 구니의 디지털카메라. 사실 이건 매우 아깝기는 했다. 아주 조그맣고 앙증맞게 생긴데다가 와이파이가 터지는 곳에서는 자유롭게 사진을 업로드할 수 있었으니까. 하지만 나에게는 성능이 아주 좋은 하이엔드 디지털카메라가 있다. 그렇게 카메라도 우리의 품을 떠났다.

그 후로도 하나씩 우리는 (팔아) 버렸다. 어정쩡한 사이즈 때문에 고민하던 책상도 대형 모니터도 떠나보냈다. 그리고 이렇게 해서 얻은 돈은 필요한 가구나 가전제품을 사는 데 보탰다.

우리는 무소유를 주장하려는 것이 아니다. 그러기에는 너무 많이 갖고 있기도 하고. 그저 두 사람이 하나가 되는 과정에서 불필요한 물건을 굳이 끌어안을 필요는 없다고 생각했다. 새롭게 태어나는 우리 둘을 위해 오래된 물건도 새로운 주인을 만나게 해주는 게 좋을 것 같았다.

하지만 어쨌든 우리는 이렇게 만든 여윳돈이 있어 300만 원의 지출 목표가 덜 부담스러웠던 게 사실이다. 앞으로 우리는 어떤 걸 버리고 또 얻을까? 어쨌든 이 모든 과정이 결혼과 닮았다는 생각이 들기도 한다. 얻는 게 있으면 잃는 것도 있겠지.

· 디지털카메라: 9만 원
· 모니터: 9만 원
· 노트북: 9만 원
· 책: 7만 원

→지출 대신 수입: 34만 원

수거왕(http://www.sugoking.com)

집으로 찾아와 헌 옷이나 가전제품 등을 수거해 가는 업체로 무게가 20킬로그램 이상일 때만 신청이 가능하다.

국민도서관 책꽂이(http://www.bookoob.co.kr)

책을 팔기가 너무 아까울 때는 보관 서비스를 이용하면 된다. 이렇게 맡긴 책은 사람들에게 무료로 대여된다. 잠자고 있는 책을 깨우고 남들과 나눠 쓰는 공유경제라고나 할까? 원할 때는 다시 가져올 수도 있으니 자리를 너무 많이 차지하거나 이사할 때마다 가져가기 어렵다면 이용해 보는 것도 괜찮다.

알라딘 중고서점(http://used.aladin.co.kr)

가장 요긴하게 이용하고 있는 서비스로, 온·오프라인으로 중고책을 판매할 수 있다. 우선 내가 가지고 있는 책을 검색해 매입가능 여부와 가격을 확인한 후 직접 매장에 가져가거나 택배로 보내면 된다.

그 외 각종 중고거래 사이트를 이용하면 짐도 줄이고 집안도 깔끔해지는 효과를 얻을 수 있다.

Step 3: 쉽지 않은 보금자리찾기

13
내 집은 따로 있다

누가 달았는지 몰라도 백 번 옳은 제목이다. 하지만 그 집이 번쩍번쩍할 것이라는 건 보장할 수 없다.

사실 원래는 내가 쓰던 작업실을 신혼집으로 꾸며 사용하려고 했다. 협소 주택을 닮은 초소형 상가 2층의 원룸으로, 실공간은 5평밖에 안 되는 작은 집이지만 단독 옥상과 조그마한 다락방이 딸려 있어 나름의 낭만과 운치가 있는 곳이었다. 우리는 관리비도 없고 월세가 25만 원으로 저렴한 이곳을 우리의 보금자리로 변신시키려고 셀프 인테리어까지 단행했다.

곰팡이가 핀 벽은 하얗게 페인트칠을 다시 했고 인조잔디를 깔고 부서진 선반을 놓아 만화책을 보며 뒹굴거릴 수 있게 만들었다. 옥상에는 테이블과 의자를 놓아 날씨가 좋은 날에는 바비큐를, 밤에는 캔들을 켜고 커피 한 잔을 즐길 수 있게 해놓았다.

하지만 여러 가지 현실적인 이유로 우리의 신혼집이 되지 못했다(예를 들면 부모님의 반대라든지 부모님의 반대라든지 부모님의 반대라든지……). 어쨌든 이 집이 두 사람이 새 출발을 하기에는 너무 좁고 열악한 것은 맞기에, 결혼식을 앞두고 부랴부랴 다시 집을 구해야 했다.

우리가 원한 신혼집의 조건은 다음과 같다.

· 10평대 아파트여야 한다.
· 대중교통이 편리해야 한다.
· 관리비와 공과금을 더해 10만 원을 넘지 않으면서 가급적 저렴한 곳이어야 한다.
· 오래되어도 상관없으니 월세든 전세든 매매가든 저렴해야 한다.
· 우리 둘의 일터와 멀지 않아야 한다.

이 다섯 가지 조건을 완벽하게 충족시키기란 사실 쉽지 않았다. 그도 그럴 것이 보통 10평대 아파트의 월세는 50만 원이 넘어가고 전세는 1억이 넘었으며 매매가는 2억 안팎이었다. 이보다 싼 곳은 이유가 있었다. 지은 지 30년이 넘어간다든지 엘리베이터가 없다든지 교통이 불편하든지. 어쨌든 나는 며칠 밤을 새가며 후보군을 좁히고 또 좁혔고, 급매로 나온 물건도 함께 체크했다. 그러던 중 내 레이더망에 한 아파트가 들어왔다. 전철역과도 가까우면서 관리비가 5만 원대고, 구니의 회사와도 30분 거리며 무엇보다 저렴했다. 월세로는 보증금 1000만 원에 월세 40만 원, 반전세로는 보증금 6500만 원에 월세 15만 원, 전세로는 1억 원, 매매가는 1억3천만 원이었다.

'직접 보러 가야겠다.'

하지만 내부를 보는 순간 실망을 금할 수 없었다. 지어진 연식만큼이나 오래된 실내는 단 한 번도 리모델링을 한 적이 없어 보였다. 또 한 곳은 조금 나았으나 주인의 취향을 그대로 반영해 집이 온통 새빨갰다. 보는 족족 마음에 안 드는데 나온 매물조차 많지 않았다.

"여기는 한 번 들어오면 잘 안 나가요. 그래서 아무리 이사철이라도 매물이 별로 없어요."

그 말은 사실이었다. 11월이면 한창 이사를 하는 시기인데 전세는 씨가 말랐고, 반전세는 가뭄에 콩나듯 나왔고, 월세도 한두 집밖에 없었다.

'조건을 좀 낮춰야 하나?'

범위를 넓히기로 했다. 관리비나 집세가 조금 더 비싸더라도 매물만 있으면 약속을 잡고 보러 다녔다. 하지만 성에 차지 않았다. 그러던 어느 날, 무심코 들른 부동산에서 집을 하나 보여주겠다고 했다. 사실 기대도 하지 않았다.

"여기예요."

문을 여는 순간 나는 직감했다. 여기가 내 집이 되리라는 걸. 정말 이상하기 짝이 없었다. 이 집은 다른 집에 비해 샷시가 매우 낡았고 수압도 좋지 않았다. 사진과 동영상을 본 구니도 왜 내가 그 집을 마음에 들어 하는지 이해하지 못했다. 어쨌든 몇 가지 단점에도 불구하고 우리는 계약을 했고, 2주 뒤 입주했다. 그렇게 지은 지 30년이 가까이 된 16평짜리 아파트는 우리의 보금자리가 되었다.

지금은 내가 왜 첫눈에 이 집에 마음을 뺏겼는지 알 것 같다. 작업실을 고치며 셀프 인테리어에 눈을 뜬 나는 (그래봤자 아마추어지만) 원하는 대로 고칠 수 있는 하얀 도화지 같은 집을 원했고, 그에 걸맞게 이 집은 내가 질색하는 몰딩이 없다(그래서 좀 더 넓어 보인다). 또한 고층이라 뷰가 좋다. 눈앞을 가리는 것이 하나도 없어 멀리까지 탁 트인 시야에 산이 하나 들어오는데 울긋불긋 단풍이 들어 아름답기 그지없다. 야경은 또 얼마나 환상적인지 밤마다 빨래를 널며 감탄하곤 한다.

그리고 정남향이라 낮에는 불을 켤 필요도 없고, 보일러를 외출로 해두어도 실내가 25도까지 올라간다. 덕분에 우리는 겨울 내내 난방비 걱정을 할 필요가 없다. 경제적으로도 훌륭한 집이다.

집을 구할 때 대부분 월세나 전세 금액에만 신경을 쓴다. 하지만 관리비를 절대 간과해서는 안 된다. 대부분 평수가 적을수록 금액이 적게 부과되니 식구가 적은 신혼부부라면 큰 평수를 고집할 필요가 없다. 또한 아파트마다 금액 차이가 매우 크다. 같은 평수임에도 불구하고 2~3배까지 차이가 나기도 하니 관리비가 어느 정도 부과되는지도 꼭 확인하자. 포털사이트의 부동산 섹션에 가면 아파트 평균 관리비가 월별로 고시되어 있다.

아파트 vs 주택 vs 오피스텔

우리는 집을 구할 때 이 세 가지 형태를 모두 고려했다. 아파트는 살기에 편리하고 비교적 치안이 좋지만 공동이 거주하는 공간이기에 층간소음과 같은 문제에서 자유롭지 못하다. 주택은 내가 원하는 대로 공간을 구성할 수 있고 자유롭게 생활할 수 있지만 방역 및 관리를 직접 챙겨야 하며 비용이 많이 발생할 수 있다. 오피스텔은 편의시설이 잘 갖추어져 있으며 교통의 요지에 위치하지만 주거를 목적으로 지은 게 아니라 관리비와 공과금이 비싸다. 세 유형 모두 장단점이 뚜렷하니 비교해보고 결정하는 것이 좋다.

오래된 아파트, 과연 괜찮을까?

　오래된 아파트는 주차장이 지상에 있는 경우가 많아 치안상 지하 주차장이 있는 아파트보다 안전하다. 또한 조경이 잘 되어 있어 잎이 무성하고 큰 나무가 많아 정서에도 좋다. 오래 전에 지은 만큼 오래 거주한 사람이 많아 상대적으로 정이 넘친다. 하지만 신축 아파트에 비해 편의시설이 적고, 덜 깨끗하고, 지하 주차장이 없어 주차공간이 적다는 단점도 있다. 그러니 내가 원하는 조건에 부합하는지가 가장 중요하다.

14
팔자에도 없던 셀프 인테리어
-상편

내가 좋아하는 예능프로그램 중에 구니가 싫어하는 게 두 가지 있다. 하나는 〈헌 집 줄게 새집다오〉고 다른 하나는 〈내 방의 품격〉이다(이 두 프로그램이 종영했으니 구니는 이제 좀 행복해졌는지도 모르겠다).

아시다시피 이 두 예능은 모두 셀프 인테리어법을 다루고 있다. 구니는 내가 이 방송을 보고 나면 주문이 하나씩 늘어난다며 울상이다. 사실 돈만 있으면, 조금 더 고급스럽게 말하자면 충분한 예산만 있으면 품을 들이지 않고도 원하는 대로 집을 꾸밀 수 있다. 하지만 우리에게는 주어진 돈이 없다. 게다가 시간도 없다. 기술도 노하우도 없다(더 열거하자면 끝도 없을 것 같아 이쯤에서 그만두겠다).

그래서 작업실에 이어 다시 셀프 인테리어에 도전해보기로 했다. 더불어 셀프 스타일링도.

경제적으로는 흠 잡을 게 없는 이 집은 미적으로는 손댈 게 많았다. 게다가 오디션 프로듀서들이 그렇게 좋아하는 흰색 도화지 같은 집이지만 다른 게 있다면 쓰고 돌려줘야 했다. 원상복구의 의무가 있는 세입자인 우리가 고칠 수 있는 범위는 한계가 있었다.

첫째, 가구를 바꿀 수 없다.

체리색의 싱크대를 볼 때마다 머리가 지끈지끈 아파오지만 페인트칠을 할 수도 바꿀 수도 없다. 게다가 누리끼리한 싱크대 벽지라니. 큰 난항이 예상되는 순간이다.

둘째, 화장실은 손을 댈 수 없다.

셀프 인테리어계의 조상님이자 멘토이신 제이쓴도 수전과 관계가 있으므로 이것만큼은 안 된다고 했다. 다른 건 몰라도 누렇게 변색된 욕조를 볼 때마다 심하게 울적했다. 어떻게든 방법을 찾아야 한다.

셋째, 버릴 수 없다.

마음에 안 드는 게 있다한들 옵션으로 장착되어 있는 건 건드릴 수 없다. 고장 나지 않는 한 말이다. 아무리 그게 쓸데없이 많은 공간을 차지한다해도 말이다.

우리는 우선 화장실부터 손을 대보기로 했다. 그 중에서도 눈엣가시처럼 제일 거슬리는 욕조! 욕조! 욕조! 사실 해체해 없애는 게 가장 이상적이지만 내 집이 아니기에 그럴 수 없다. 그때부터 나는 상념에 빠지기 시작했다.

'내가 마법사도 아니고 누런 걸 어떻게 하얗게 만든 담? 그냥 하얗게 보인다고 최면 걸고 쓰는 게 나을지도 몰라.'

그러다 신기한 물건을 하나 발견했다. 바로 '욕조 코팅제'다. 가격은 10만 원 정도로 아주 사악하지만 이걸 발라주면 항균작용도

되고 무엇보다 아무리 누런 욕조도 하얗게 된다고 했다. 시공방법
도 간단해 직접 할 수 있을 것 같았다. 실패하면 빽다방에서 아이스
앗!메리카노를 500잔 마신 셈 치기로 했다(윽, 속 쓰려).

시공은 간단했다. 마법의 가루를 솔솔 뿌려 깨끗하게 닦아주고
코팅제를 두어 번에 걸쳐 발라주면 끝!

장점은 곰손이라도 직접 할 수 있을 정도로 간단하다는 점(가능하
다면 엄지를 네 개 정도 들어 보이고 싶다. Four Thumbs Up!).

단점은 가격이 비싸고 시간이 지나면 다시 누렇게 될 수도 있다
는 것인데, 아직까지는 멀쩡하니 잠시 잊고 살기로 했다.

지출

· 욕조 코팅제: 9만9190원

→시공시간: 약30분

쓰고 보니 이건 셀프 인테리어 축에도 못 낀다. 하지만 다음 편이 있지 않은가. 다음 장에서는 주방과 베란다 셀프인테리어를 소개하려 한다.

15
팔자에도 없던 셀프 인테리어
-중편

돈을 아끼겠다는 마음으로 잘못 건드렸다간 재앙을 불러일으킬 수 있다는 주방. 사실, 애초부터 크게 뜯어 고치겠다는 생각은 없었다. 그래도 거슬리는 점이 많았다.

첫째는 체리색 합판을 품은 싱크대. 주황색인지 빨간색인지 모를 그 애매한 색깔이 촌스러움을 풍기고 있었다(적어도 내 눈에는 그랬다). 게다가 각종 이물질이 눌러붙어 있는 싱크대 벽 시트지까지. 특히 정체모를 열매 프린팅 부분은 더 심했다. 일단 깨끗하게라도 해보겠다고 빡빡 닦아 봤지만 여전히 더러웠다. 아주 많이.

둘째는 베란다. 정말 빨래를 말리는 용도로만 사용하고 다른 때에는 방치를 한 듯 보였다. 천장의 페인트칠도 군데군데 떨어져 있었으나 거기까지 손대면 너무 큰 일이 될 것 같아 바닥만 바꾸고 휴식 공간으로 만들기로 했다.

우선 주방부터 손을 댔다.

돈은 많이 들지만 제일 좋은 방법은 싱크대를 교체하는 것이다. 저렴하지만 제일 편한 방법은 페인트칠이고, 덜 저렴하면서도 품이 많이 들지만 제일 안전한 방법은 시트지 덧붙이기다. 나는 다시 한 번 상념에 빠져들었다.

'문짝도 바꾸고 싶고 손잡이도 바꾸고 싶고. 그러면 차라리 페인트칠을 하는 게 나을 것 같고. 그것보다는 돈을 주고 다 치워버리는 게 낫지만 이 집은 내 집이 아니지.'

결국 우리는 온라인으로 시트지를 주문해 문을 리폼하기로 했다. 혹시라도 나중에 원상복구를 요구하면 쉽게 제거할 수 있게 말이다. 작업은 수월했다. 관건은 기포가 안 생기게 깔끔하게 붙이는 것인데, 다른 꼼수를 사용할 필요 없이 손바닥에 불이 날 때까지 세게 문지르면 성공이다.

그 다음은 베란다를 손봐주기로 했다.

저 바닥을 가리고 싶다. 무엇으로 바꿀 수 있을까? 조금이라도 넓어 보이면 좋겠는데. 돈을 크게 들이지 않고 공사하지 않으면서 할 수 있는 게 뭐가 있을까?

이번에는 상념에 빠져들지 않아도 되었다. 이미 작업실을 셀프로 고치면서 얻은 노하우가 있으니까. 바로 조립식 목재 데크가 그 해답이다. 우리는 그 중에서도 사용해 본 적 있는 이케아의 룬넨을 사용하기로 했다. 질감이 고급스러운 데다가 조각조각 이어나가기만 하면 돼 나 같은 곰손도 쉽게 시공할 수 있다. 총 네 세트를 구입했는데 많이 모자랐다. 이미 10만 원 넘게 썼는데 베란다 전부에 다 깔려면 20만 원은 들 것 같았다. 물론 조립식이니 이사 갈 때 분해해서 가져갈 수는 있지만, 왠지 모르게 아까웠다. 그래서 나머지 공간에는 인조잔디를 깔기로 했다. 작업실 다락방에서 쓰던 걸 깔아주니 사이즈가 딱 맞았다. 여기에 장식용 캔들 램프와 캠프용 릴렉스 체어를 두 개 가져다 두고 만화책도 세팅해 놓았다. 어느새 우리의 베란다에는 생기가 흘러 넘쳤다.

지출

- 시트지 10마 : 3만 원
- 주방용 시트지 8마 : 2만 8000원
- 삼나무 12T : 9700원 (모서리 라운딩 비용 2000원 포함)
- 캠핑용 릴렉스 체어 두 개 : 4만 4500원
- 룬넨네 세트 : 11만 9600원
- 인조잔디 : 0원

→ 총지출 : 23만 7800원
→ 소요 시간 : 서너 시간 정도

16
팔자에도 없던 셀프 인테리어
-하편

코딱지만큼 작은 집이라도 컨셉은 필요하다. 구멍가게에도 나름의 철학이 필요하듯이 말이다. 나는 애초에 신혼집 전체를 화이트&우드 컨셉으로 잡고 포인트로 그린을 쓰기로 마음먹고 있었다. 화이트를 사용하면 집이 넓고 깔끔해 보이고 시원해 보이기까지 하기 때문이다. 하지만 이 색깔로만 인테리어를 하면 집이 너무 삭막해 보일 수 있어 따뜻한 우드를 섞기로 했다. 그래서 혼수를 장만할 때도 그 기준에 맞춰 구입했다.

티비 장식장도 화이트요
전자렌지도 화이트요
싱크대문도 화이트요
문손잡이도 화이트요
토스트기도 화이트요
장식장도 화이트요
테이블도 화이트요
행거도 화이트요
식기도 화이트요
거울도 화이트요
의자도 화이트요

소파테이블은 우드요
침대 프레임도 우드요
협탁용 의자도 우드요

침실커튼도 그린이요
거실커튼도 그린이요
소파도 그린이요

게다가 빨간색이 주를 이루는 밥솥 사이에서도 용케 웃돈을 주고 그린이 포인트인 밥솥을 구입했구나.

그래서 모든 문도 다 하얗게 다시 페인트칠을 해주었다. 물론 어려움은 있었다. 전 세입자인지 전전 세입자인지 전전전 세입자인지 모를 정도로 오래전에 살던 누군가가 시트지를 문 하단에 붙여놓았는데, 그걸 들춰보니 목재 속살이 그대로 드러났다. 어쨌든 손을 댈 수 있는 한 하얗게 만들고 세세한 부분은 스타일링을 하기로 했다.

빈 와인병에는 색 맞춰 조화 세 송이를 꽂고 불을 켜면 천장과 벽

면에 달과 별이 둥둥 떠다니게 해주는 조명도 놓았다. 마음에 드는 디자인이 없어 천을 사다가 직접 커튼을 만들었다. 을지로에 가서 사온 목재와 벽돌로 신발장도 만들었다. 장식장 맨 위에는 카페 팻말을, 그 아래에는 칸칸이 커피메이커, 머그잔 세트, 오래된 필름 카메라 그리고 타자기를 놓았다. 방에는 협탁 대신 원목의자를 두고 그 위에는 분위기가 나도록 조명을 올려두었다. 밤이 되면 우리는 불을 끄고 노오란 불빛 아래에서 팟캐스트를 듣거나 이야기를 나누거나 책을 읽거나 그 모든 걸 동시에 하거나 잠이 든다.

대단한 건 없다. 엄청난 노하우도 아니다. 하지만 내 집은 아니지만 정말 누구보다 내 집처럼 쓰고 싶었다. 잠만 자는 게 아니라 우리의 생각과 취향이 반영이 된 그런 공간을 만들고 싶었다. 그래서 크고 비싸고 화려한 집보다는 지금 우리의 보금자리가 더 좋다.

p.s. 부끄러움을 무릅쓰고 밝히자면, 나는 학창시절 환경미화에 아무런 도움도 주지 못한 마이너스의 손이다. 단 한 번도 미술시간에 A를 받아본 적이 없으며 가정시간에는 바느질도 제대로 못 해 허벅지를 찌르곤 했다. 글씨는 정말 나조차 알아볼 수 없을 정도로 날아다니고 선물 포장을 하면 안 하느니만 못해 욕을 먹었다. 그러니 이런 내가 셀프 인테리어를 한다는 건 상상조차 할 수 없는 일이었다.

하지만 막상 마음을 먹고 보니 셀프 인테리어는 손재주보다 미적 감각을 필요로 하는 일이다(그렇다고 해서 내가 뛰어나다는 말은 아니다. 결코). 그저 어떤 게 아름다운지, 어떤 아름다움을 추구하고 싶은지를 알면 되는 일이다. 이건 한평생 아무도 알려주지 않은 일이기도 했다. 일단 시도를 하고 보니 길이 보였다. 여러 번의 시행착오를 거치다 보니 책을 좀 읽는 게 좋겠다 싶었고 그것만으로는 부족해 관련 프로그램도 찾아봤다.

지금 내가 한 일은 곰손이거나 마이너스의 손이라도 책을 좀 들춰보거나 프로그램을 챙겨보는 정도만으로도 할 수 있다. 물론 공구를 사용해야 하는 순간에는 남의 도움이 필요하겠지만 말이다 (그때는 아는 사람 손을 총동원해서 빌리면 된다). 어렵지 않다. 큰돈 들이지 않아도 된다. 적은 돈으로 집을 구했다고 기죽을 필요 없다. 포장지보다 내용물이 더 중요하지 않나? 하나씩 고쳐가는 재미도 꽤 쏠쏠하다.

지출

· 수성페인트 4리터 무광: 9500원
· 방문 손잡이 두 개: 2만4000원
· 미송 목재세장: 1만5000원
· 벽돌 여섯장: 6000원
· 각종 부자재: 1만원

→ 총지출: 6만4500원
→ 소요시간: 서너시간 정도

『제이쓴, 내 방을 부탁해』
저자 제이쓴, 출판사 들녘

이 책은 방송을 통해 알려진 셀프 인테리어 전문가 제이쓴이 블로그에서 사연을 받아 집을 고쳐준 사례를 엮은 것으로 초보들이 따라 하기에 쉽고 실용적인 팁이 총망라 되어 있다. 또한『제이쓴, 내 방을 부탁해』에 실린 집은 대부분 작은 평수로 신혼집 크기와 비슷해 적용할 수 있는 부분이 많다. 또한 사용된 재료나 도구에 대한 정보가 구체적으로 실려 있어 참고하기에 좋다.

『열 평 인테리어』
저자 김하나, 출판사 수작걸다

제목 그대로 10평대 공간을 꾸민 사례를 모은 책으로 원룸, 복층 그리고 타운하우스까지 다양한 주거형태를 다루고 있다. 특히 빈티지 스타일, 북유럽 스타일 그리고 지중해 스타일 등 다양한 컨셉의 인테리어 사례가 실려 있어 취향대로 따라 해볼 수 있으며 사용된 주요 소품들의 가격대와 구입처도 명시되어 있어 참고하기에 편리하다.

『나도 작업실 해볼까?』
저자 김하나, 출판사 수작걸다

이 책은 집이 아닌 작업실이나 가게의 셀프 인테리어를 다루고 있어 프리랜서나 재택근무를 하는 경우에는 참고해볼 만한 내용들이 많다. 그게 아니더라도 집 베란다나 창고처럼 방치된 공간을 활용하는 팁을 담고 있고 셀프시공 기간과 비용이 함께 실려 있어 참고하기에 좋다.

문고리닷컴 DIY스쿨(http://www.moongori.com)
셀프 인테리어 도구들을 판매하는 온라인 사이트인 문고리닷컴에서는 DIY스쿨이라는 오프라인 인테리어 강좌를 운영하고 있다. '책꽂이 선반 만들기', '원목 오너먼트 만들기', '리폼페인팅'과 같은 다양한 내용을 다루는데 참가비는 만 원이지만 참석 시 현장에서 돌려주니 거의 무료로 진행되는 클래스라고 볼 수 있겠다. 일정과 주제는 홈페이지에 공지되며 확인 후 신청할 수 있다.

순&수 노루아카데미(http://www.soonnsoo.com)

노루페인트의 친환경 브랜드인 순&수에서 운영하는 노루아카데미에서는 셀프 페인팅에 관련된 교육을 받을 수 있다. '냅킨을 활용한 커피함', '공중전화 서랍 티슈함', '스톤아트 인테리어 액자' 등과 같은 주제로 수성 페인팅에 대한 이론과 실습 클래스가 예정되어 있다. 재료비는 5천 원에서 1만 원 선으로 저렴한 편이며 홈페이지에서 일정 확인 및 신청이 가능하다.

홈앤톤즈 아카데미(http://homentones.com)

기초페인팅부터 아트페인팅까지 배울 수 있는 강좌를 운영하고 있다. '문페인팅', '벽지페인팅', '인터폰 박스 페인팅', '초크박스 페인팅' 등 기본적인 내용과 소품에 활용하는 법까지 다루고 있어 유용하다. 참가비는 만 원 정도이며 홈페이지로 매 달 일정을 안내하고 있으니 확인 후 신청하면 된다.

Tip 2.
벽돌과 목재선반을 이용한 신발장 만들기

준비물: 콘크리트 벽돌 9장, 절단목재선반 3장

 우선, 신발장을 놓을 자리의 사이즈를 잰 후 목재선반을 주문한다. 이때 나무의 종류의 따라 가격이 차이 나니 원하는 무늬나 색감 등을 고려해 구입하는 것이 좋다. 오프라인에서 구매를 하고 싶다면 을지로 목재거리를 추천한다. 직접 확인하고 구입할 수 있고 조언을 구할 수도 있다. 단, 크기나 무게에 따라 직접 가지고 오기 힘들 수 있으니 배송이 가능한지 혹은 가져간 차량에 실을 만한 공간이 있는지 확인하는 것이 좋다. 온라인에서는 문고리닷컴을 통해 원하는 사이즈의 절단목재를 구입할 수 있다. 크기와 종류를 고르면 집까지 배송을 해주어 편리하다.

 선반이 준비되었다면 벽돌을 구입할 차례다. 이때 크기나 종류를 어떤 것으로 할지 결정해야 한다. 우리가 흔히 구할 수 있는 적벽돌은 신발을 수납하기에 충분한 공간을 만들 수 있을 정도의 크기가 아니기에 큰 사이즈의 콘크리트 벽돌(혹은 콘크리트 블록이라고 부른다)을 추천한다.

콘크리트 벽돌은 동네 철물점에서 구입하기 힘들다. 주로 건재상에서 취급하는데 집 주변에 판매처가 있는지 확인 후 방문하여 구매하면 된다. 가격은 장당 300원에서 1500원 사이이며 생각보다 무거워 차량을 가지고 이동하는 것이 좋다.

이렇게 구입한 벽돌을 신발장을 놓을 자리에 세우고 그 위에 선반을 얹어주면 완성! 단, 콘크리트 벽돌은 모서리가 거칠어 다루다가 상처가 날 수 있고 부스러기가 떨어질 수 있으니 취급 시 주의하는 것이 좋다.

Tip 3.
셀프로 커튼 만들기

준비물: 천, 커튼봉, 커튼집게고리

우선 커튼을 달고자 하는 자리의 사이즈를 재고 원단을 판매하는 곳에 가서 질감이나 디자인 등을 보고 필요한 만큼 원단을 구매한다. 다양한 곳에서 천을 판매하고 있으나 나는 이케아 광명점을 애용했다. 큰 폭으로 세일하는 원단을 저렴하게 살 수 있고 직접 내가 원하는 만큼 재단할 수 있는 셀프코너가 있기 때문이다.

그 다음으로는 부속품인 커튼봉과 커튼집게고리를 구입해야 한다. 오프라인에서는 커튼집게고리를 판매하지 않는 곳도 많고 다양한 종류의 커튼봉을 취급하지 않으니 온라인에서 주문하는 편이 조금 더 편리하다.

이제 커튼을 걸 자리에 봉을 먼저 단다. 그리고 천에 커튼집게고리를 고르게 달아주면 완성!

참고: 만약 커튼집게고리를 구하지 못했다면 커튼봉을 둘레만큼 천을 접은 뒤 핀으로 고정해도 된다. 계약상 집에 못질을 할 수 없다면 커튼봉 대신 압축봉을 사용해도 괜찮다. (단, 커튼을 달고자 하는 벽 사이의 거리에 따라 압축봉을 사용할 수 없을 수 있다.) 또한 천의 바닥 부분은 가급적 박음질을 해주면 좋은데, 집 근처 수선집을 이용해도 되고 재봉틀이 있다면 집에서 해도 된다. 박음질을 하지 않으면 재단한 부분의 올이 풀려 지저분해진다. 하지만 내가 구입한 천은 절단면이 깨끗한 편이라 따로 박음질을 하지 않았다.

17
낭만과 현실

지금 신혼집에 불만은 전혀 없다. 오히려 만족한다. 하지만 그래도 가끔은 작업실이 그리울 때가 있다. 그럴 때면 가만히 앉아 그곳을 떠올린다. 결국 결정은 내가 했지만, 너무 쉽게 포기한 게 아닌가 싶기도 하다.

누군가는 원룸에 신혼집을 꾸리면 여러모로 불편할 거라고 했다. 혼자 살기에도 작은 공간에서 둘이, 때로는 반려견까지 함께 지내다 보면 현실을 뼈저리게 느낄 거라고도 했다. 그래도 가끔은 그 집이 그립다.

어른들은 모른다.

형체 없는 우려가 나의 낭만을 빼앗아 간 것을.

비가 오면 다락에 누워 빗소리를 들으며 만화책을 읽고

햇살 좋은 날엔 돗자리 깔고 음악을 듣고

해가 뉘엿뉘엿 질 때쯤이면 커피를 마시며 하늘을 바라보고

나른한 날엔 담요 덮고 낮잠을 청하기도 하는 즐거움을

안전하고 반듯한 지금의 집과 바꿔버렸다.

Step 4: 날짜가 가까워질수록 빼먹기 쉬운 사소한 것들

18
누구를 위한 청첩장인가
-상편

길에서 하든 축구장에서 하든 서양식으로 하든 전통예식으로 하든 일명 '청첩장'이라 불리는 초대장은 반드시 필요하다.

　매번 차 떼고 포 떼자는 예비신부지만 이번만큼은 순순히 응했다. 하지만 내가 꿈꾸는 가장 이상적인 청첩장은 바로 스포츠 경기 때 나눠주는 입장권이다. 사진과 함께 결혼식 날짜와 장소가 적혀 있어 지갑에 넣어두었다가 당일 식장에 들어서면 한쪽을 찢어 식권처럼 사용할 수 있는 입장권 형식의 청첩장. 하지만 이 아이디어도 결국 구니라는 벽을 넘지 못했다.

　"하나야, 그건 안 될 것 같아."

그 이유인즉슨, 청첩장은 우리 지인에게만 나눠주는 게 아니라 양가 부모님의 친인척 및 지인에게도 드려야 하기 때문이었다. 그 말을 듣고 나니 충분히 이해가 갔다. 청첩장은 결국 우리만을 위한 게 아니라 부모님을 위한 것이기도 했다.

그래서 나는 쿨하게 포기했다. 남들처럼 하기로 했다. 대신 욕심이 없으니 굳이 까다로울 필요가 없었다. 수정만 수십 번 했다는 전설과도 같은 일화와는 다르게 글씨체나 멘트 그리고 약도 디자인도 권해주는 대로 했다. 물론 버스노선이 개편되면서 바뀐 게 있어 두 번 고치긴 했다(하지만 순전히 폐선이 된 버스번호를 삭제하기만 했다).

청첩장 자체에 신경을 쓰기보다 양가 부모님의 연락처, 주소, 웨딩홀 주소와 전화번호 등의 필수적인 정보를 확인하고 또 했다. 도로명주소와 지번주소를 일일이 대조하고 오타가 있는지 없는지를 계속 검수했다.

아, 맞다. 청첩장을 만들며 구니에 대해 새롭게 알게 된 사실도 있다. 위로 누나가 있어 차남인 줄 알았는데 장남이란다(남자 형제 중에 몇째인지를 따지는 거란다). 친절한 지식인 덕분에 새로운 사실도 알고 재인쇄로 돈 날리는 불상사도 막을 수 있었다.

아무튼 하루 걸려 만든 청첩장은 이틀 걸려 우리에게 도착했다.

청첩장을 봉투에 일일이 넣어주는 서비스를 신청하지 않았기에 (장당 약 백 원의 추가금을 받는다) 우리 둘의 품을 팔아야 했다. 총 3백 장의 카드를 접고, 봉투에 넣고, 스티커를 붙였다. 한두 시간이 걸린 듯하다. 결코 만만한 작업은 아니었지만 나름 즐겁고 뿌듯하고 보람찼다.

핫딜 이벤트로 구입한 청첩장은 장당 2백 원으로 300매에 6만 원이었다. 설문조사에 응해서 2천 원을 할인받아 총 58000원을 지출했다. 이 금액에는 식전영상 제작까지 포함되어 있다.

p.s. 청첩장을 만들 때 도대체 몇 장이나 찍어야 할지 고민했다. 누구는 너무 많이 주문해서 결혼식이 끝났는데도 집에 아직 많이 남아 있다고 했고 누구는 모자라서 한 번 더 찍었다고도 했다. 우리는 예식장 보증인원이 150명이라 그 두 배인 약 300명분을 인쇄했다. 식이 끝나고 보니 열 장 정도가 남았다. 어쨌든 청첩장은 넉넉하게 주문하는 게 좋다. 혹시라도 받지 못해 서운해하는 사람이 있을 수도 있으니 말이다.

청첩장 가격도 천차만별이다. 장당 천 원이 넘어가는 것도 봤다. 300장 정도를 기준으로 하면 그것도 꽤 큰돈이다. 나 역시 청첩장을 받아본 적이 있다. 하지만 그게 어떤 디자인이고 어떤 내용인지는 기억이 나지 않는다. 그래서 되도록 저렴하되, 괜찮은 제품으로 주문했다. 대부분의 청첩장 사이트는 이벤트를 진행하는데, 잘만 하면 반값에 제작할 수도 있다. 물론 식전영상도 무료로 만들어 준다. 샘플도 무료로 받아볼 수 있으니 신청해서 직접 확인해보고 결정하는 게 좋다.

지출

· 카드, 봉투, 스티커, 식권, 청첩장 가방 : 5만8천 원

이츠카드(http://www.itscard.co.kr)

300매 기준 장당 300원에 제작할 수 있는 저렴한 상품이 준비되어 있다. 청첩장을 담을 수 있는 가방 및 식권 그리고 스티커를 제공하며 무료로 식전영상과 모바일청첩장을 제작해준다. 문의사항에 비교적 신속하게 대응하고 깔끔하게 일처리를 해주는 편이라 이용하기에 편리하다.

카드1번가(http://www.card1st.co.kr)

300매 기준 장당 330원 정도의 가격으로 주문할 수 있는 실속형 제품코너가 홈페이지 상단에 따로 마련되어 있다. 제작매수에 상관없이 무료로 모바일청첩장과 식전영상을 제작해주며 이용후기가 많아 참고하기 편하다. 무료로 샘플을 받아볼 수 있는 혜택 역시 제공한다.

비핸즈카드(http://www.bhandscard.com)

300매 기준 10만 원 미만으로 주문할 수 있는 저렴한 제품이 있다. 또한 청첩장을 주문하면 모바일 청첩장을 무료로 제공하며 후기를 작성하면 식전영상을 제작해주는 이벤트를 진행하기도 한다. 깔끔한 디자인과 무난한 가격이라는 두 마리 토끼를 동시에 잡을 수 있다는 게 큰 장점이다.

초롱불카드(http://www.chorongbul.com)

300매 기준 장당 315원 정도에 주문할 수 있는 세일 상품이 준비되어 있다. 무료로 20종의 샘플을 받아볼 수 있으며 청첩장을 주문하고 이용후기를 작성하면 모바일청첩장을 무료로 제공하는 이벤트를 진행하기도 한다.

*업체의 규정 변동에 따라 제공되는 혜택과 가격이 다를 수 있음.

19
누구를 위한 청첩장인가
-하편

"난 꿈을 꾸었죠. 그 꿈을 믿어요. 이룰 수 있어요. 특별한 청첩장을 만들 수 있어요."

그렇다. 구니의 조언을 받아들여 청첩장을 남들처럼 평범하게 (?) 제작하기는 했지만, 나는 한 가지 조건을 내걸었다.

"그러면 우리랑 아주 오랫동안 알고 지낸 친구한테는 직접 만든 청첩장을 주자."

원래 하나를 내주면 하나는 받아야 하는 법. 구니는 결국 제안을 수락했다. 하지만 앞에서 밝혔듯이 나는 손재주가 없어도 너무 없는 일명 '마이너스의 손'에다가 곰손이다. 직접 만든 청첩장 퀄리티

에 실망해 오히려 자신을 절친으로 생각한 것을 기분 나빠하지 않을까 싶었다(물론 나의 기우임을 안다). 그래도 '정성을 알아주지 않을까' 하는 마음에 용감하게 핸드메이드 청첩장을 제작하기로 마음먹었다.

우선, 우리 둘을 대표하는 캐릭터를 봉투에 그리면 좋겠다고 생각했다.

"구니는 별명이 뭐야?"

그랬더니 당근이란다. 어릴 적에 친구들이 이름으로 장난치다가

만든 유치한 별명이라더니 그림까지 그려 보여준다. 근데 어라, 마음에 쏙 든다(제 눈에 안경일 가능성이 높다). 나는 거기에 화답하듯 내 인생 유일의 작품인 꿀벌을 그려 보여줬다. 송충이 눈썹이 포인트인 간단한 캐릭터지만 구니의 그림과 붙여놓으니 제법 어울려 보였다.

"그럼 둘이 뽀뽀하는 모습으로 그려볼까?"

우리는 머리를 맞대고 포즈를 계산해 반쪽씩 그림을 그렸고, 우여곡절 끝에 최종 완성본이 나왔다.

미리 사놓은 봉투에 두 캐릭터를 그려 색연필로 색칠하고 짧게 편지를 쓰기로 했다. 구니는 그림을, 나는 색칠과 편지 쓰기를 맡았다

손 저림과 아픔, 현저히 느린 작업 속도 때문에 딱 열 장밖에 만들지 못했기에 우리는 기준을 정해 이에 맞는 이에게만 수제 청첩장을 전달하기로 했다.

첫째, 친구일 것.
둘째, 알고 지낸 지 십 년이 넘었을 것.
셋째, 최근 일 년 사이에 왕래가 있을 것.

나는 이 기준을 바탕으로 나의 단짝에게 이 어설프지만 나름 손이 많이 간 청첩장을 전달하기로 했다.

별것 아닐 수 있지만 어떤 식으로든 우리 둘의 결합이 만든 뜻이 온전히 전해지길 원했다. 100퍼센트 내 마음대로 할 수 있다면 좋겠지만, 이 정도로도 만족스럽다. 그림 그리고 색칠하고 편지 쓰는 과정 모두 철저히 함께했으니 더더욱.

지출

· 들인 품과 정성

20
메이크업,
직접 해? 말아?

패키지로 진행하지 않을 때 불편한 건 내 나름대로 알아봐야 할 일이 늘어난다는 점이다. 누군가가 권해준 것보다 저렴하게 내 마음대로 할 수 있다는 장점이 있기도 하지만 말이다. 메이크업 문제도 크게 걱정하지는 않았다.

"내가 예전에 동영상 강의를 찍은 적이 있는데, 그때 터득했어. 암, 잘할 수 있고말고."

그래서 사실 본식날 화장도 셀프로 하려 했다. 하지만 문제는 머리였다. 물론 올림머리를 할 건 아니지만 영 자신이 없었다. 평소에 혼자 정수리도 제대로 띄우지 못하는데 결혼식 당일이라고 가능할까 싶었다.

'그럼 머리만 자주 가는 미용실 아주머니한테 맡기고 메이크업은 그냥 내가 할까?'

이리 저리 머리를 굴려봤으나 이것도 썩 내키지는 않았다. 결혼식 날 혹시라도 가게 문을 열지 않으면 부랴부랴 다른 곳을 알아봐야 하기 때문이었다(나의 의심병은 결혼도 어쩌질 못했다). 어쨌든 부모님도 메이크업과 헤어를 하셔야 하니 차라리 같은 곳에서 하면 좋지 않을까 싶었다.

결국 저렴하면서도 괜찮은 메이크업샵을 알아봐서 그곳에서 다 같이 해결하는 것으로 결정했다.

청담동에서 온 원장님은 아니지만

럭셔리한 인테리어는 아니지만

패키지로 연결된 곳은 아니지만

후기와 포트폴리오를 보고 마음에 드는 두 곳을 찾았다. 혼주 메이크업은 9만 원대로 비슷했는데 신랑신부 메이크업에서 가격 차이가 많이 났다.

"저희는 리허설이라고 해서 미리 방문하셔서 원하시는 스타일이 어떤 건지 이야기 나누는 것까지 금액에 포함돼요."

사실 나는 그때 메이크업에도 리허설이 있다는 걸 처음 알았다. 그래서 깔끔하게 다른 곳으로 결정했다. 신랑신부와 양가 부모님까지 총 여섯 명의 헤어와 메이크업을 예약했다.

　결혼식 당일, 올림머리를 한 엄마의 모습이 매우 어색해 보였지만 사진이 잘 나온 걸 보니 아무래도 촬영용 메이크업과 헤어는 따로 있는 것 같다.

　이렇게 해서 든 돈은 두구두구두구두구

지출

· 신랑, 신부 메이크업 : 20만 원
· 양가 혼주 메이크업 : 13만8천 원
· 양가 아버님 메이크업 : 5만 원

→총지출 : 38만8천 원

패키지로 진행하면 양가 부모님의 헤어와 메이크업만 따로 알아보면 된다. 대개 혼주는 인당 15만 원 안팎으로 진행하는 곳이 많다. 하지만 개별적으로 진행해야 할 때는 신부와 신랑 메이크업까지 전부 외부에서 알아봐야 한다. 이때는 인터넷 검색을 활용하는 게 좋다. 대부분의 메이크업 샵은 SNS 계정을 운영하고 있으니 여기에 올라온 포트폴리오와 블로그에 올라온 후기를 참고하면 된다. 단, 홍보성 글도 있으니 맹신하지는 말고 분위기와 스타일을 파악하는 정도로만 활용하자.

　메이크업 시간은 샵마다 다르지만 보통 약 한 시간에서 한 시간 반 정도가 걸린다. 그러니 예식장까지 이동하는 거리까지 계산해 약간 여유 있게 예약하는 편이 좋다. 나의 경우에는 네 시 예식이라 세 시까지는 식장에 도착하려고 열두 시 30분(신부 측)과 한 시 30분(신랑 측) 두 타임으로 진행했다. 또한 너무 먼 곳은 이동할 때 번거로우니 가능한 한 가까운 곳으로 잡는 것이 좋다. 우리는 웨딩홀에서 차로 5분에서 10분 내의 거리에 있는 샵만 알아보았고, 메이크업을 받고 난 뒤 신랑 측은 자가로, 신부 측은 택시로 이동했다.

또한 헤어와 메이크업을 진행할 때 자신이 원하는 스타일을 확실하게 말하는 게 좋다. 나는 정수리와 머리 양 옆이 납작한 편이라 드라이할 때 그 점을 강조했다. 처음 방문한 샵이라면 잘 모를 수 있으니 일러두는 것이 좋다.

21
혼자서 다 하려니 머리 아픈
식순 짜기

이제 대망의 결혼식이, 아니 애증의 결혼식이 얼마 남지 않았다. 준비를 6개월 전부터 한 것 같은데 이상하게 뭔가 허전하고 부족한 것 같다 싶더니 식순을 빼먹고 있었다.

플래너가 없는 나는 직접 결혼식 순서를 짰다. 웨딩드레스 피팅할 때도 청첩장을 찍을 때도 결혼한다는 걸 실감하지 못했는데, 시간별로 무엇을 할지 적다 보니 정말 내가 또 다른 출발을 한다는 게 확 와 닿았다.

감격의 순간은 잠시, 나는 총 세 가지를 만들어야 했다.

첫 번째는 혼인서약서,

두 번째는 성혼선언문,

세 번째는 식순.

샘플을 다운받아 읽어보니 혼인서약서와 성혼선언문은 별 차이가 없었다(적어도 내 눈에는 그랬다). 그래서 과감하게 합치기로 했다. 혼인서약서와 성혼선언문을 한 번에 다 읽어 내려갈 수 있게 약간 짜깁기를 단행해 그 결과 단출하지만 있을 내용은 다 있는 '혼인선언문(혼인서약서와 성혼선언문을 합친 말)'이 완성되었다.

식순은 어렵게 생각하면 어렵고 쉽게 생각하면 쉽다. 결혼식을 어떤 순서로 해 나갈지 스케줄을 짜는 것이니 일종의 행사 큐시트처럼 만들면 된다. 결혼식 진행 순서는 대략 입장-주례-혼인서약-성혼선언-축가-퇴장 순이다. 이것도 샘플을 다운받아 내용과 시간만 손을 봤다.

본식은 무조건 예식시간이 끝나기 15분 전에 모든 절차가 마무리 되도록 해야 한다. 예를 들어 한 시간 동안 홀을 사용할 수 있다면 본식은 45분 동안 진행하고 나머지 15분은 남겨두어야 한다. 30분만 사용할 수 있다면 15분 안에 끝내고 15분을 남겨야 한다. 사진 찍는 데 시간이 오래 걸리기 때문이다. 신부 측 가족끼리 찍고 신랑 측 가족끼리 찍고 친지와 찍고 친구 및 지인과 찍는 등 적어도 수많은 사람이 줄과 포즈까지 맞춰 네 다섯 번은 뭉쳤다 흩어지기를 반복해야 해 생각보다 시간이 꽤 걸린다.

하나 더, 식순을 짤 때 절차를 너무 간소화해서도 안 된다. 우리는 주례도 없고 혼인서약과 성혼선언도 한꺼번에 했기에 내가 짠 대로 했으면 20분도 채 걸리지 않을 뻔 했다. 다행히 사회자 경험이 많은 구니의 친구가 아무래도 너무 일찍 끝날 것 같다고 해서 약간의 이벤트를 추가해 시간을 맞출 수 있었다.

이렇게 작성한 식순은 일주일 전까지는 예식장 측에 전달하는 게 좋다. 축가나 축무용으로 쓸 MR이 있다면 함께 보내자. 그러면 거의 대부분의 준비는 끝났다고 보면 된다.

나는 이 부분을 너무 만만하게 생각하고 까맣게 잊고 있다가 부랴부랴 사회자를 맡은 구니의 친구와 전화통화를 한 후 밤늦게 혼인서약서 겸 성혼선언문을 썼다. 그래도 이걸 하고 나면 결혼식 날 모습이 대충 머릿속에 그려져 마음이 한결 편해진다. 내 인생의 중요한 이벤트를 직접 기획하고 감독한다는 기분이 들어 뿌듯하기도 하다.

식순은 만들기 나름이다. 내용이나 순서는 바꾸거나 빼도 상관없다. 아웃라인만 어느 정도 참고하면 된다. 단, 양가 혼주의 촛불점화 순서나 양가 부모님의 편지 낭독 순서 등 양가 부모님과 함께하는 부분은 언제 하는 것이 좋을지 미리 상의하는 것이 좋다.

Step 5: 두 사람의 인생에서
가장 중요한 이벤트

22
결혼식,
해보니 별거 아니더라

본식 당일 날은 바쁘고, 정신없고, 화나고, 짜증이 폭발했다. 사실 결혼식 일주일 전부터 그랬다. 그도 그럴 것이 내 계획대로 착착 굴러가는 게 아무것도 없었다. 확인 차 연락하면 항상 아직 준비가 덜 되었다고 늦어질 수도 있다고 했다. 하지만 결혼식은 미룰 수가 없다. 그렇게 된다면 필시 방송사고보다 더 큰 재앙이 될 게 뻔하다. 불안한 마음에 전화로 확인하고 또 하고 하는 와중에 목소리를 높일 일이 생길 수밖에 없어 돈 쓰고도 바보가 된 느낌을 지우기 힘들었다 (크게 싸우지도 않았고 큰돈을 쓰지도 않았지만 성가셨던 건 사실이다).

그래도 결혼식은 참 좋았다. 주례는 없고 사회는 구니의 친한 친

구가 봐주기로 했다. 사진은 3년가량 알고 지내온 사진기자님이 도
와주기로 했다. 웨딩드레스가 그다지 치렁치렁하지 않아 헬퍼의 도
움은 받지 않았다.

　이상하게 떨리지 않았다. 그저 기뻤다. 많은 사람들이 우리를 보
려고 이곳까지 와줬다는 사실에 우리를 향한 눈이 무섭거나 두렵지
않았다. 구니의 팔짱을 끼고 동시입장을 했다. 혼인서약서와 성혼
선언문을 읽어 내려갔다. 우리는 그렇게 하객과 친지 앞에 부부가
되었노라고 공개적으로 밝혔다.

남은 건 축하무대. 나는 이 부분을 확실히 그렸다. 다른 사람은 어떻게 생각할지 모르겠지만, 결혼식 또한 어떻게 보면 많은 사람 앞에 서는 무대라고 생각했다. 그래서 그 기회를 놓치고 싶지 않았다. 결혼식 날, 나는 직접 축가를 부르고 구니는 축무를 추었다. 다행히 이 날의 피로연에서 칭찬을 많이 들었다.

"내가 원래 결혼식 가면 다 안 보고 그냥 밥 먹으러 가는데 오늘은 앉아서 끝까지 다 봤어. 재밌더라. 지루하지도 않고. 신랑신부가 직접 춤도 추고 노래도 부르고 신선하더라."

정산을 하고 평소에 타던 구니의 차를 타고 식장을 떠남으로써 장장 6개월 넘게 준비해 온 애증의 결혼식이 끝났다. 현실로 돌아왔다고 느끼게 해 준 건 다름 아닌 우리의 반려견이다. 집에 돌아와 웨딩드레스 벗고 제일 먼저 한 일이 동구가 싸놓은 똥 치우기였으니까. 하지만 나는 슬프지도 허무하지도 않았다. 오히려 마음이 편했다. 그게 나니까. 순백색의 드레스를 입고 환한 웃음을 짓는 얌전한 규수나 공주 같은 신부가 아니라 그냥 어제와 오늘 그리고 내일을 살아가는 아주 평범한 사람으로, 춤 추고 노래 부를 때 무아지경이 되는 사람으로 기억되었으면 했다.

우리는 이제 부부가 되었다. 앞으로 보낼 날 역시 태어나 단 한 번도 겪은 적 없는 날일 것이다. 그 때문에 가슴이 뛰었다.

'메리지 블루'라는 말을 들어본 적이 있을 것이다. 결혼을 앞두고 느끼는 우울감이라는 뜻으로, 실제로 많은 예비신부가 예민해진다. 그도 그럴 것이 큰일을 앞둔 데다가 주로 여자가 준비를 담당하기 때문에 부담도 크기 때문이다. 나는 절대 그러지 않을 줄 알았는데 날짜가 다가올수록 감정이 널을 뛰었다. 짜놓은 스케줄대로 일이 진행되지 않으면 울화통이 터졌고 계약서와 달라지는 내용이 있으면 화부터 났다.

하지만 모두에게 결혼은 처음이며, 그렇기에 결혼식은 완벽할 수 없다. 그렇다고 해서 불합리한 일을 그저 웃으며 넘기라는 뜻은 아니다. 다만 최악의 상황을 생각해 현실적인 대비책을 적어놓고 불안해하지 말라는 말이다. 조금의 실수와 약간의 어설픔이 있어도 괜찮다. 웃으며 만족스럽게 마무리하자.

결혼식 당일은 정신이 없다. 실수 없이 완벽하게 해야 한다는 생각에 몸도 마음도 바빠진다. 그래서 옆에서 직접 건네받은 축의금 관리를 비롯해 이것저것 도와주는 친구인 '가방순이'를 둔다. 신부는 소지품을 지니고 다닐 수 없기 때문에 가방순이가 대신 연락도 받아주고 때로는 화장을 슬쩍 고쳐주거나 사진을 찍어주기도 한다. 가능하다면 이런 친구를 미리 섭외해 놓는 게 좋다. 하지만 필수는 아니다. '가방순이'를 해줄 사람이 없다고 고민을 털어놓는 예비신부를 많이 봤는데, 너무 겁먹을 필요 없다. 조그마한 파우치나 가방을 의자 밑에 놓아두고 사용하다가 입장 전에 축의금 접수를 받는 사람이나 형제자매에게 맡기면 된다. 나도 그랬다. '가방순이'를 따로 둘 필요가 없을 것 같아 섭외를 하지 않고 있다가 대기실에서 사진을 찍어주기로 한 아는 동생에게 당일에 부탁했다. 있으면 좋지만 없어도 크게 상관은 없으니 너무 괘념치 마시길.

본식 날에는 늦어도 한 시간 전까지 예식장에 도착해야 한다. 그래야 신부대기실로 찾아오는 지인과 인사도 나누고 사진도 찍을 수 있다. 이 날 스케줄은 가능한 여유 있게 짜는 것이 좋다.

집에서 출발하기 전 대부분 샵에 들려 화장을 한다. 이때는 입고 벗기 편한 남방이나 지퍼를 내려 손쉽게 벗을 수 있는 원피스를 입고 가는 게 좋다. 메이크업샵에 탈의실이 있다면 메이크업이 끝난 뒤 웨딩드레스로 갈아입고 가도 괜찮다. 플래너 없이 셀프로 진행한다면 웨딩드레스 입기가 난감한데 샵에서 도와주기도 하니 가능한지 확인해보자. 아니면 웨딩홀로 이동해 탈의실에서 갈아입어도 된다. 이때는 가족의 힘을 빌리면 된다. 단 흘러내리지 않게 최대한 타이트하게 드레스 끈을 여며야 한다. 나는 엄마가 직접 도와주셨는데 아무 문제없었다. 걱정 된다면 미리 유투브 동영상을 보고 참고해도 좋다. 생각보다 어렵지 않으니 걱정은 금물이다.

23
허니문,
외국여행 대신 국내일주

신혼여행을 가지 않으려 했다. 여름휴가를 다녀온 지 얼마 되지 않아서 또 해외에 나갈 필요가 없다고 생각했다. 하지만 구니는 인생에 단 한 번뿐이니 꼭 가야한다고 했다. 생각해보니 신혼여행을 국내로 가면 될 일이었다.

"국내일주를 하자."

그때부터 머리를 맞대고 여행계획 짜기를 시작했다. 우선 각자 가고 싶은 도시를 골랐다. 나는 전주와 순천, 여수를 구니는 전주와 경주, 태백을 원했다. 공통으로 고른 전주를 뺀 나머지 여행지를 두고 고민을 거듭했다.

가능한 여러 곳을 둘러보고 싶었지만 이동거리가 너무 멀어도 안 됐다. 여유로운 여행을 원했기 때문이다. 결국 우리는 반쪽짜리 국내일주를 하기로 했다. 전주-순천-여수-남해를 거쳐 다시 인천으로 올라오기로. 그렇게 우리는 신혼여행을 떠났다.

무전여행을 떠나기로 했지만 운전은 오롯이 구니의 몫이었다. 인천에서 남해까지의 여정은 결코 만만하게 볼 만한 것이 아니었다. 그래서 규칙을 정했다. 하루에 딱 두 시간 안팎의 거리만 이동하기로 했다. 그렇게 우리의 첫 번째 목적지는 전주가 되었다.

전주는 누구나 한 번쯤 가봤을 법한 도시인데 공교롭게도 구니와 나 둘 다 처음이었다. 사실 여기에는 아픈 기억이 있다. 몇 년 전, 친구와 함께 겨울휴가를 전주에서 보내기로 했다. 교통편도 알아놓고 숙박비도 다 지불해놓은 상태였는데 그만 심한 감기에 걸려버렸다. 전주의 볼거리는 대부분 야외에 있어 숙소에만 있으니 약간의 출혈을 감수하더라도 포기하는 게 나을 것 같았다. 그 후로 몇 번이나 영화제며 나들이 핑계를 대고 가려 했지만 이상하게 연이 닿지 않았다. 그런데 신혼여행의 첫 목적지가 되다니 기분이 묘했다.

전날 치른 결혼식 때문에 피곤한 나머지 우리 둘은 신혼여행 시작일부터 늦잠을 잤다. 대충 씻고 배낭에 몇 벌의 트레이닝복과 상비약을 챙겨 출발했다. 근처 식당에서 갈비탕을 먹고 기분 좋게 노래를 들으며 두 시간이 좀 넘게 달려 전주에 도착했다. 첫 날은 별로 하고 싶은 게 없었다. 그냥 슬슬 걸어 다니며 길거리 음식을 사먹은 후 마사지를 받기로 했다. 숙소에 짐을 풀고 말로만 듣던 한옥마을을 구경했다. 일요일이라 사람이 참 많았다. 꼬치와 스테이크 냄새가 연기에 실려 코 끝에 날아들었다.

"다 돌아다니면서 하나씩만 사먹어도 집에 못 갈 것 같아."

기다리기가 싫어 우리 둘은 제일 한산한 가게에서 아이스크림과 떡갈비를 사먹었다. 요기를 한 뒤 마사지샵을 찾아 뜨거운 물에 발을 담그고 있다가 기계에 몸을 던져 넣으니 살 것 같았다. 창밖으로는 경기전의 노오란 은행잎이 보였다. 그걸 보니 전주에 오길 참 잘했다는 생각이 들었다.

저녁은 옛날 마을을 그대로 재현해 놓은 거리에서 해결하고 오목대에 올라 전주의 야경을 감상했다. 반짝반짝 빛나는 마을이 아름다웠다. 큰 기대가 없으니 바라는 것도 적었다. 그저 시원한 바람을 들이키고 뻥 뚫린 하늘을 바라보기만 해도 좋았다. 첫날 밤은 그렇게 마무리 되었다.

이튿날, 우리는 숙소 옆방에 묵는 손님과 이야기를 나누다 함께 편백숲으로 놀러가기로 했다. 차가 없으면 가기 불편해서 그런지 사람은 적고 자연은 넉넉했다. 쭉쭉 뻗은 나무 사이로 자리를 잡고 앉아 실컷 삼림욕을 했다. 돌아오는 길에는 주인 아주머니가 추천해준 맛집에 들러 밥을 먹고 옆방 사람들에게 안녕을 고했다. 사실 전주에서 이틀씩이나 머무를 생각은 없었지만, 이 도시가 마음에 들어 일찍 떠나고 싶지 않았다. 우리는 하루를 더 연장하고 본격적으로 구경에 나서기로 했다.

폐백을 하지 않아 입을 기회조차 없던 한복을 입고 댕기머리를 했다. 나와 구니는 그저 서로를 보며 웃음만 터뜨렸다. 비단옷을 입은 우리는 신이 나서 한옥마을을 쏘다니며 사진을 찍었다. 기분 탓인지 무엇을 봐도 흡족했다. 이 날은 모주까지 사들고 일찍 숙소로 향했다. 늘어져 텔레비전을 보고 있는데 마침 슈퍼문이 뜨는 날이라고 했다. 그래서 자정이 가까워지는 시각에 다시 거리로 나섰다. 인적이 드문 길, 혼자였다면 무서웠을 테지만 내 옆에서 손을 꼬옥

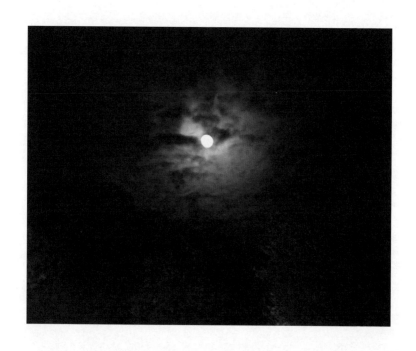

잡아준 한 사람 때문에 든든했다. 구니와 나는 그렇게 전세라도 낸 듯이 한옥마을을 누볐다. 물이 졸졸졸 흐르는 소리, 둥실 뜬 커다란 보름달, 은은한 조명까지. 우리는 마주보며 전주에 오길 참 잘했다고 다시 한 번 입 모아 말했다.

셋째 날, 늦어진 발걸음을 재촉해 순천으로 출발했다. 그 유명하다는 순천만을 제일 먼저 둘러보기로 했다. 생각보다 날이 더워 입던 옷가지를 살짝 들고 걸었다. 걷다가 지쳐 도중에 오던 길을 돌아가 정원을 구경하기로 했다. 세계 각국의 조경을 구경할 수 있다는데, 규모가 굉장히 커 관람차를 탔다. 수십 명의 할아버지 단체 관광객 사이에 젊은 사람은 우리 둘뿐이었다. 순천에서는 어마어마하게 걷고 어마어마하게 많은 사람과 함께 시간을 보냈다. 그렇게 우리는 여수로 넘어왔다. 찜해놓은 숙소로 가기 전에 케이블카를 먼저 타기로 했다.

"우리 '여수 밤바다' 들으면서 타면 안 돼?"

버스커버스커의 노래를 들으며 우리는 분위기에 한껏 취했다. 여수의 밤바다는 정말 환상적이다. 촌스럽다고 생각할수도 있겠지만 나는 감탄사를 연달아 내뱉었다(여수 밤바다를 배경으로 찍은 동영상 속의 나는 완전히 넋이 나가 있다). 까만 밤, 우리는 빛에 감싸여 하늘을 날았다. 게장을 먹지 못했지만 이것으로 족했다.

　넷째 날, 우리의 목적지 중 제일 먼 곳으로 향했다. 사실 남해는 굉장히 낯선 곳이다. 차로 가기에는 멀고 비행기를 타기에는 어정쩡해 가본다는 마음을 먹는 자체가 어렵다. 게다가 남해에서는 뭔가 특별하게 하고 싶은 게 없었다. 그래도 구경을 하긴 해야 할 것 같아 독일마을에 들렸다. 바다가 훤히 내려다보이는 카페에서 우리는 소스가 없는 독일식 돈가스를 먹었다. 잠깐의 구경을 마치고 숙소에서 마실 독일맥주를 두 캔 샀다. 마치 유럽으로 신혼여행을 온 것 같은 기분이라며 구니와 나는 마주보고 막 웃었다.

　이제 숙소로 가는 일만 남았다. 구불구불한 산길을 넘고 넘어 돌고 돌아 한참을 달렸다. 그러자 정말 거대한 망망대해가 우리 옆에 펼쳐졌다. 아름답기보다는 웅장한 바다였다. 바라보기만 하는 것으로는 부족해 끊임없이 셔터를 눌렀지만 내가 본 절경에는 한참 못 미쳤다. 결국 사진 찍기를 포기하고 남해바다를 조용히 감상했다.

　"남해가 그렇게 좋대."

신혼여행을 떠나기 전 지인이 한 말은 사실이었다. 아니 사실 그 이상이었다. 상상 그 이상이라고 해야 하나?

꽤 오랜 시간이 걸려 도착한 숙소. 짐만 풀고 근처에 있다는 몽돌 해변으로 나섰다. 가을이라 그런 건지 평일이라 그런 건지 사람이라고는 우리 둘 뿐이었다. 펜션에서 제공한 슬리퍼를 끌고 편의점에서 산 커피를 쪽쪽 빨며 동네 마실 나온 듯이 편히 거닐었다. 모래사장 대신에 끝없이 펼쳐진 까맣고 뭉툭한 돌. 그 위로 부서지는 파도에 발을 담근 채 우리는 시간을 낭비하는 사치를 부렸다. 크게 이룬 건 없어도, 많이 가지지 않았어도 우리는 큰 명예만큼이나, 큰 부만큼이나 큰 여유를 누렸다.

마지막 날, 우리는 어디에 들를지를 두고 오랫동안 고민했다. 구니는 무주구천동에서 하룻밤을 보내자고 했는데 어째 내키지 않았다. 꽤 오랜 시간 아름다운 풍경을 감상할 수 있어서 좋았지만 이제는 좀 시끌벅적한 도시에서 시간을 보내고 싶었다.

"그럼 우리 춤도 출 겸 대전 갈까?"

구니와 나는 스윙댄스 동호회에서 만났다. 그래서 틈만 나면 다른 지역의 '빠(스윙댄스를 추는 곳이다)'를 돌아다니는데 지방에는 한 번도 가본 적이 없다. 이번이 바로 절호의 기회라고 생각했다. 그래서 두 시간 이상의 거리는 운전하지 않겠다는 나름의 룰을 깰 수밖에 없었다. 대전에 도착한 후 비즈니스 호텔에 짐을 풀고 옷부터 사러 나섰다. 운동복 차림으로는 춤을 추러 갈 수가 없으니까. 각자 셔츠 하나와 티셔츠 하나를 사고 대전에 있다는 스윙빠를 찾아 나섰다.

"평일인데 사람이 많을까?"

그건 기우였다. 이 날 우리는 거의 빠 문을 닫을 때까지 춤을 췄다. 밤 열두 시가 다되어 빠 문을 나선 우리 둘은 땀범벅이었다. 숙소로 돌아오자마자 녹초가 되어 깊이 잠들었다. 아깝다. 신혼여행의 마지막 밤은 초콜릿을 아껴먹듯 보냈어야 했는데.

신혼여행을 국내로 떠난다고 하니까 안쓰럽게 생각하는 사람도 있었다. 쉽게 오지 않는 기회인데 아깝다는 사람도 있었다. 하지만 후회는 없다. 남해의 바다는 정말 웅장했고, 여수의 야경은 아름다웠으며, 전주에 뜬 달은 말 그대로 허니문이 되어주었으니까.

지출

- 여행 경비(2인): 약 50만 원

24
결혼, 그 후

결혼 준비를 하며 싸우지 않았다면 거짓말일 것이다. 나도 구니도
못 먹는 술에 의지하는 날이 있을 정도로 심적으로 많이 힘들었다.
사실 억울했다. 둘 사이에 의견충돌이 생겨 그랬다면 어쩔 수 없다
고 생각했겠지만 양쪽 집안의 눈치를 보느라 다투는 일이 대부분이
었다.

"우리 때문도 아닌데 싸우지 말자. 그러면 더 억울할 것 같아."

어느 날 이슬톡톡을 마시며 우리 둘은 다짐을 했다. 하지만 그 약
속을 지키기란 쉽지 않았다. 정말 힘든 날에는 먼저 결혼한 친구에
게 하소연을 하기도 했다.

"결혼, 원래 이렇게 힘든 거였어? 왜 이야기 안 했어. 나는 네가 별 말 안 하기에 그저 웃으며 사진 찍고 예쁜 옷 입고 즐겁게 여행 다녀온 줄 알았는데."

"원래 다 그래. 결혼 전에 죽일 듯이 싸우잖아? 결혼하고 나면 아무렇지도 않아. 싸울 일도 없다니까. 식만 끝나면 다 괜찮아져. 조금만 참아."

그 말은 사실이었다. 식이 끝나니 우리 사이에는 얼굴 붉힐 일이 전혀 없었다. 독립된 가정을 만들어 꾸려나가야 하는 만큼 바깥 이야기에 흔들리지 않고 부부가 중심이 되어 살자고 결혼 준비를 하며 다짐을 해서인 것 같다.

우리는 그 말을 기억하고 실천해 나가고 있다. 서로의 꿈을 응원하고 현실이 삶을 집어삼키지 않도록 도와 느리지만 행복한 방향으로 나아가고 있다.

하지만 결혼은 현실이라 예상치 못한 어려운 점도 있었다. 30년이 넘게 살아온 동네를 떠나 낯선 곳에 적응하는 게 쉽지 않았다(원래 살던 곳과 차로 10분 거리인데도 말이다). 출근 전 당연하게 받던 밥상은 이제 더 이상 없다. 요리도 청소도 이제 다 내 몫이다. 하지만 하나씩 배워나가며 즐기려 하고 있다. 부모님이라는 안전하고 포근한 보금자리를 떠나 누군가를 책임질 수 있을 정도로 강한 사람이 되어야 한다. 그래도 다행히 내 옆에는 남편이 된 구니가 있어 힘들지만은 않다.

사실 결혼 전의 나날이 가끔은 그립다. 설렘으로 손끝만 스쳐도 찌릿찌릿해지던 나날이. 아직은 어색해 웃음이 나던 그 날이. 하지만 이제는 그것보다 더 큰 안정과 행복이 있다. 그래서 나는 지금이 좋다. 결혼, 그 후의 날들이 좋다.

에필로그:
우리 300만 원으로 결혼했어요

해보니 좋았다. 결론만 이야기하자면 과정은 험난했지만 어쨌든 300만 원이라는 예산 안에서 결혼식을 마무리할 수 있었다. 지금도 어딜 가서 우리의 결혼 준비 이야기를 하면 다들 깜짝 놀란다.

"300만 원으로 가능해?"

그러면 슬며시 웃으며 그렇다고 대답한다. 그리고 한 마디 덧붙인다.

"주위 말에 흔들리지만 않는다면."

사실 음식점에 가서 메뉴 하나 고를 때도, 백화점에서 옷 하나 살 때도 동행의 말에 귀가 팔랑거리는데 결혼식이라는 큰 이벤트는 더 할 수밖에 없다. 예산을 정하고 밑그림을 그려놨다 할지라도 추진하는 과정에서 좋지 않은 말을 듣다보면 마음이 흔들린다. 그래서 나는 일부러 준비를 하는 내내 그 과정을 인터넷에 연재했다. 초심을 잃지 않으려고. 물론 그걸 읽은 사람들로부터 더 많은 말을 듣기는 했지만 말이다.

할까 말까 망설인 이야기가 하나 있다. 다소 타이트한 예산을 잡아놓고 공표를 하듯 시작하고 나니 물러설 곳이 없었다. 쉽게 말해 내 생각대로, 우리 뜻대로 결혼식을 추진하면서 때때로 반대에 부딪혀도 뱉은 말에 책임을 져야 하니 힘들어도 앞으로 나아가는 수밖에 없었다. 그러다 보니 억울하고 섭섭한 마음이 많이 들었다.

'나는 정말 좋은 뜻에서 시작한 건데 왜 이렇게 다들 안 도와주지? 왜 내 뜻을 이해하지 못하는 걸까.'

그러던 어느 순간, 나는 원망하는 마음을 버리기로 했다. 아무리 좋은 뜻에서 시작했더라도 300만 원이라는 숫자 때문에 많은 사람의 바람이 희생당하면 안 되니까. 그렇게 마음을 비웠더니 오히려 더 큰 축복 속에서 목표도 달성할 수 있었다.

무엇보다 반신반의하듯 품고 있던 생각을 실천으로 옮기고 결국 이 말을 할 수 있어서 다행이다.

작게 시작해도 큰 사랑을 할 수 있다.

큰돈을 들이지 않아도 결혼할 수 있다.

300만 원으로도 평생 동안 기억에 남을 아름다운 결혼식을 할 수 있다.

부록

부록 1: 식순 샘플

시간&프로그램	안내문
3:50 사회자 입장 및 멘트	안내 말씀 드리겠습니다. 밖에 계신 내빈 여러분께서는 잠시 후에 ○○○군과 △△△양의 결혼식이 거행될 예정이오니 늦지 않게 자리하여 주시기 바랍니다.
3:55 사회자 착석안내 멘트	다시 한 번 안내 말씀 드리겠습니다. 지금부터 존경하는 내빈 여러분을 모신 가운데 ○○○군과 △△△양의 결혼식을 시작하고자 합니다. 오늘 식은 두 사람의 첫 출발을 기념하는 뜻깊은 자리이기에 주례없는 결혼으로 진행됩니다. 양가 부모님과 하객 여러분께서는 이제 자리를 정돈해 주시고 함께해 주시면 고맙겠습니다.
4:00~4:01 개식 선언	바쁘신 중에도 두 사람의 결혼을 축하해 주기 위해 소중한 시간을 내주신 내빈 여러분께 신랑 신부와 양가 부모님을 대신해 감사의 인사를 올립니다. 그럼 지금부터 ○○○군과 △△△양의 예식을 시작하도록 하겠습니다.
4:01~4:06 화촉 점화	먼저 양가 혼주님께서 둘의 결합을 기념하는 화촉 점화식이 있겠습니다. 양가 어머님 두 분을 앞으로 모시겠습니다.
4:06~4:09 신랑, 신부 입장	다음은 오늘의 주인공인 신랑, 신부의 동시입장이 있겠습니다. 신랑과 신부에게 힘찬 박수 부탁드립니다. 신랑, 신부 입장!
4:09~4:10 신랑, 신부 맞절	신랑, 신부 맞절이 있겠습니다. 신랑, 신부 맞절!

4:10~4:12 서약 및 성혼선언	신랑, 신부의 혼인서약 및 성혼선언이 있겠습니다. 신랑, 신부는 준비한 사랑의 서약과 선언을 해주시길 바랍니다.
4:12~4:13 예물교환	신랑, 신부의 예물교환이 있겠습니다. 준비한 반지를 상대방에게 끼워 주시기 바랍니다.
4:13~4:20 축하무대	다음은 축가와 축무가 차례대로 있겠습니다.
4:20~4:23 이벤트	이제 부부가 된 두 사람의 기쁨과 설렘을 확인해보는 순서를 갖도록 하겠습니다. 자, 지금부터 하객 여러분은 저와 함께 노래를 불러주시고 가사 중에 '뽀뽀뽀'가 나오는 부분에서 신부는 신랑의 볼에 뽀뽀를 해주시면 됩니다(사회자 선창 시작. 노래 유도 중요).
4:23~4:25 감사인사	오늘 결혼을 통해 부부의 연을 맺게 된 신랑, 신부를 잘 키워주신 양가 부모님에 대한 감사의 인사가 있겠습니다. 신랑, 신부가 인사를 올리면 양가 부모님께서는 따뜻하게 안아주시길 부탁드립니다. 먼저 신부 측에 인사를 드리겠습니다. 신랑, 신부 인사! 이번에는 신랑 측에 인사를 드리겠습니다. 신랑, 신부 인사! 다음은 내빈 여러분께 인사를 드리겠습니다. 신랑, 신부 인사!
4:25~4:30 폐식 및 행진	오늘 결혼식 자리를 빛내주신 하객분들께 진심으로 감사드립니다. 지금부터는 오늘 예식의 주인공인 신랑, 신부가 행진을 하도록 하겠습니다. 부부의 연을 맺어 한 가정을 이루게 된 신랑, 신부가 이제는 함께 미래를 만들어 나갈 것입니다. 둘의 행복을 위해 여기 계신 하객분들은 일어나셔서 신랑, 신부가 행진을 하는 동안 힘찬 박수와 함께 축복을 나눠 주시면 감사하겠습니다. 신랑, 신부의 앞으로의 아름다운 미래를 위해 힘차게 행진(박수 유도 중요)!

부록 2: 혼인서약 및 성혼선언문 샘플

신랑, 신부 멘트(함께)

지금 이 자리가 제 인생에 있어서 가장 중요하고 뜻 깊기에

집안의 어르신과 하객 앞에서 맹세합니다.

당신은 내가 힘들거나 아플 때,

내가 기쁘거나 행복할 때

늘 나에게 빛이자 힘이 되어주었습니다.

지금 그런 당신 옆에 서 있음에 행복해하며

앞으로 함께할 수 있음에 감사하며 살겠습니다.

한평생 당신만을 위해 살아갈 것을 맹세합니다.

신랑 멘트

나 ○○○은 △△△을 배필로 맞이하여

평생 사랑과 믿음으로 함께할 것을 맹세합니다.

신부 멘트

나 △△△은 ○○○을 배필로 맞이하여

평생 사랑과 믿음으로 함께할 것을 맹세합니다.

신랑, 신부 멘트(함께)

이에 저희는 여기 모이신 내빈 앞에서 결혼이 성립되었음을

선언합니다.

20XX년 00월 00일

신랑 ○○○(신랑 멘트)

신부 △△△(신부 멘트)

부록 3: 결혼 준비 일정표

D-180

결혼식장 선정 및 예약

신혼여행지 결정 및 예약

(국내/국외 별 항공권 및 예약사항 별로 편차가 크니 주의할 것!)

D-90

웨딩드레스 선정 및 예약

D-70

셀프 웨딩촬영

D-60

신혼집 선정 및 계약

D-40

청첩장 제작

신랑 턱시도, 혼주 한복, 아버님 양복 대여 계약 혹은 구입

D-30

신혼집 입주 및 집 고치기

혼수 구입

메이크업샵 예약

부케 및 부토니아 예약

사회 및 축하무대 사전섭외 및 조율

신혼여행 예약 및 진행사항 1차 확인

D-15

식순 짜기

혼인서약서 및 성혼선언문 제작 및 전달

D-7

드레스, 메이크업, 식장 옵션 확인

부케 및 부토니아 확인

신혼여행 예약 및 진행사항 2차 확인

D-1

본식 짐 싸기(드레스, 슈즈, 각종 악세서리 등)

신혼여행 짐 싸기(여권, 환전할 돈, 옷가지 등)

*셀프웨딩 기준이며, 되도록 여유 있게 진행하는 편이 좋음. 또한 개인의 일정에 따라 차이가 클 수 있으니 참고용으로 사용하길 권장함.